Début d'une série de documents
en couleur

CIGALE
OU FOURMI?

PAR

MARTHE BERTIN

TOURS

ALFRED MAME ET FILS

ÉDITEURS

OUVRAGES DE LA MÊME COLLECTION

Format in-8° — 4° série

AGNELLE, par Mlle Marguerite Levray.

AU PAYS DE L'OR, par Pierre Bonnefont.

BLUETTE ET COQUELICOT, conte instructif pour les enfants, par Maurice Barr, illustration par Bertall.

BRACELET D'UNE GAULOISE (LE), par Mme Gabrielle d'Arvor, lauréat de l'Académie française.

CAPTIFS DE JUMIÈGES (LES), par Mme Julie Lavergne.

CATASTROPHES CÉLÈBRES (LES), par H. de Chavannes de la Giraudière.

CIGALE OU FOURMI ? par Marthe Bertin.

CLÉMENCE DRÉCOURT, par Henri de Rougeon.

COUR ET LA VILLE (LA), par Mme Marie-Félicie Testas.

DEUX CARACTÈRES (LES), par Albert de Lahadye.

DEUX MOIS HEUREUX, par Mme d'Axt.

DOMPTEUR (LE), par Mlle Marthe Bertin.

FILS DU PALUDIER (LE), par l'abbé J. Dominique.

JEANNE, par Mlle Mary Lacroix.

JOURNAL D'UN COLON (LE), par E. Delaunay du Dézen.

LYDIE DARTEL, histoire contemporaine, par Mme Julie Lavergne.

MILLIONNAIRE ET BALAYEUR, d'après l'allemand de Horchenbach, par l'abbé Gobat, avec l'autorisation de l'auteur.

MON ÉVASION DES PONTONS, Épisode tiré des neuf années de captivité de Louis Garneray, peintre de marine.

NORA DE CEYRIAC, par Lucie des Ages.

ODYSSÉE DE JACK (L'), par Mme Gabrielle d'Arvor, lauréat de l'académie française.

ONCLE KASPER (L'), Souvenirs d'Alsace-Lorraine, par E. Delaunay du Dézen.

PÊCHEUR CADELLE (LE), par Mme Madeleine Prabonneaud.

PETITE-JOYEUSE, par Marguerite Levray.

PETITS LAROCHE (LES), par Marthe Bertin.

PIERRE, PAUL ET JACQUES, par Jean Grange.

RÉCITS DE M. JEAN-ANTOINE, par Mme Marie-Félicie Testas.

ROSE-DE-MAI, par Stéphanie Ory.

ROSE FERMONT, ou un Cœur reconnaissant, par Mme Vatier.

SCÈNES ET RÉCITS, par Jean Grange.

SOURIS, par L. Mussat.

UN COIN DES ALPES, par F.-A. Robischung.

UNE GERBE D'HISTOIRES, par Marie Franc.

UN GARÇON PLEIN D'IDÉES, par Gaston Bonnefont.

VENGEANCE DE MADELON (LA), par Lina Dou.

VIOLETTES DE ROME (LES), par Th. Lane-Clarke.

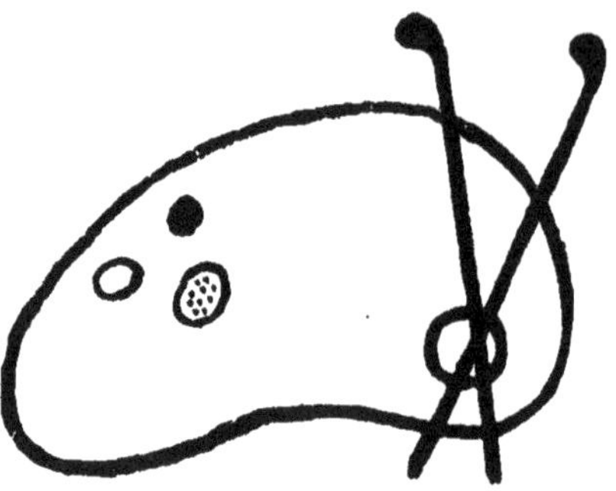

Fin d'une série de documents
en couleur

CIGALE OU FOURMI?

—

4ᵉ SÉRIE IN-8ᵒ

Le crieur jetait à tous les échos un alléchant programme.
(P. 8.)

CIGALE
OU FOURMI?

PAR

MARTHE BERTIN

TOURS

ALFRED MAME ET FILS, ÉDITEURS

—

M DCCC XCIV

CIGALE OU FOURMI?

I

« Huit et sept font treize. Je pose trois, et je retiens...

— Mais non, Lucette, tu te trompes encore; recommence. »

Avant de recommencer, Lucette bâilla; puis, comptant sur ses doigts, elle reprit, la voix traînante :

« Huit et sept font quinze. Je pose cinq, et je retiens... »

Rataplan! rataplan! rataplan!...

Lucette ne retint rien. Au son du tambour, elle s'élança dehors, sans entendre la voix de sa mère, qui la rappelait du fond de l'arrière-boutique où elle travaillait en attendant les clients.

« Allons, dit tout haut la marchande, qu'est-ce encore? Ses devoirs ne seront pas faits! »

Et elle s'avança elle-même sur le seuil de son magasin, dont Lucie avait laissé la porte ouverte.

C'était une petite porte vitrée, sur laquelle était peinte, en lettres de dimensions modestes, mais de couleur voyante, cette courte enseigne :

LIBRAIRIE BOUNAT

Si simple qu'elle fût, l'enseigne suffisait à la boutique, une petite pièce longue et étroite, assez mal éclairée, dont les vitrines n'étalaient qu'un mince bagage de livres classiques, de bouteilles d'encre et de porte-plumes à un sou, et dont le seul luxe était l'ordre et la propreté.

Rataplan! rataplan! rataplan!...

Le tambour faisait rage, et Mme Bounat se surprit à écouter, aussi attentivement que sa petite fille elle-même, le boniment qui succéda tout à coup à ce beau vacarme.

Ayant glissé ses terribles baguettes dans leur gaine de cuir, un petit homme de douze à quatorze ans venait de déplier une feuille de papier d'un blanc douteux, et sa voix sonore criait à tous les échos cet alléchant programme :

« Ce soir, sur la grève, au théâtre Lagadrillère, grande représentation dramatique et comique, exécutée par M. Lagadrillère, ancien prix du Conservatoire, et toute sa troupe. La représentation commencera à huit heures précises par le grand drame en un acte : *Gustave, ou le Fils maudit*, et continuera par des chansonnettes comiques, chantées par Mlle Palmyre, avec accompagnement de mandoline par M. Adonis. Prestidigitation par M. Lagadrillère, et, pour finir, trapèze volant par M. Adonis... en l'honneur de votre présence! »

Rataplan! rataplan! rataplan!...

Toujours tapant, il s'en allait plus loin, mais Lucette n'osa le suivre.

« Maman, cria-t-elle du milieu de la rue, maman, veux-tu que nous y allions? »

Mme Bounat répondit d'abord par un refus catégorique : elle n'était pas assez riche, dit-elle, pour donner son argent aux baladins, et Lucette eut bien envie de pleurer; mais à la fin tout s'arrangea. Uune voisine compatissante offrit de se charger de Lucette et de l'emmener « à la comédie » avec ses propres enfants. Cela ne faisait plus qu'une place à payer, et Mme Bounat consentit, trop heureuse de pouvoir donner à sa fille ce plaisir, qu'elle avait dû lui refuser d'abord, bien à contre-cœur.

Lucette, folle de joie, retourna avec une nouvelle ardeur à son addition, les mains sur les oreilles pour ne plus entendre le tambour, qui lui donnait des distractions en lui rappelant les merveilles annoncées par le petit baladin, et répétant malgré elle devant ses chiffres :

« Je les verrai! je les verrai ce soir, tous! Gustave et Mlle Palmyre, et le trapèze volant! »

Ce M. Adonis était évidemment une nature riche-

ment douée et avait bien des cordes à son arc.
C'était lui-même, l'artiste à la mandoline et au
trapèze volant, qui remplissait encore dans la
journée les fonctions de héraut de la troupe.

Un jour, l'entendant s'exercer sur la peau d'âne,
M. Lagadrillère l'avait appelé devant lui :

« Tu joues du tambour comme un vrai lapin de
carton, dit-il en riant. — M. Lagadrillère a parfois
l'humeur plaisante. — Prends tes pattes à ton cou,
et va faire l'annonce à ma place. »

Et M. Adonis, qui ne doutait jamais de lui ni
de rien, ayant assez bien réussi jusqu'alors, était
parti sans répliquer, ses baguettes à la main, et
faisait depuis du bruit comme quatre partout où
il passait. C'était lui aussi qui rédigeait les programmes, et il savait si bien en varier la disposition, que le public pouvait croire chaque fois
à une représentation inédite.

C'est que M. Adonis n'était pas sot. Si sa voix
était sonore, sa tête était loin d'être aussi creuse
que son tambour; elle était, au contraire, très
meublée pour un garçon de cet âge et de cette
condition. Les idées y entraient vite et, une fois
emmagasinées, n'en sortaient que difficilement,
ce qui faisait dire à ses camarades que, sans en
avoir l'air et avec le meilleur caractère du monde,
M. Adonis était quelquefois « têtu comme un âne
rouge ».

Le fait est que, ayant mené depuis le berceau
une vie assez aventureuse, la raison lui était

venue longtemps avant l'âge; qu'il s'était montré
de bonne heure très pratique ou, comme le disait
M. Lagadrillère quand il était content de lui,
« très débrouillard, » et qu'il savait et voulait
bien maintenant ce qu'il voulait.

A proprement parler, il n'avait jamais couché
dans un berceau; il dormait un peu partout, suivant l'heure et le lieu, dans les coins, sur des
chiffons ou sur un tapis de selle; mais il dormait
bien, c'était l'essentiel. Ses premiers rêves avaient
été bercés par l'orchestre du cirque, où son père
était trombone et sa mère écuyère.

Tous les soirs, au galop de son cheval, excité
par le trombone de son mari, et aux grands
applaudissements du public, la pauvre femme
passait comme une bombe à travers des cerceaux
de papier. C'est un métier fatigant et dangereux,
quoique mal payé; un soir, la pauvre écuyère fit
une si terrible chute, qu'on dut la porter à l'hôpital;
elle y mourut le lendemain.

M. Adonis était alors trop jeune pour comprendre
qu'il était orphelin; sa mère l'avait bien aimé
pourtant, et soigné de son mieux à ses heures de
loisir. Il fut moins embarrassé et plus battu qu'il ne
l'aurait été si elle avait vécu; mais s'il prit d'assez
bonne heure l'habitude des taloches, pour n'en
pas souffrir outre mesure, il s'arrangea cependant
de façon à s'en attirer le moins possible, et ses
études y gagnèrent.

Ces études furent variées, sinon régulières, et

il ne manqua pas de professeurs. Il en eut un pour le trapèze et un pour la mandoline, qu'il travaillait sans préjudice du trombone; en même temps qu'un clown lui apprenait à faire des grimaces, un vieux palefrenier du cirque, ancien écuyer devenu boiteux, le mettait à cheval et lui donnait les principes nécessaires pour y rester. Il apprit à lire à ses moments perdus, en épelant, avec l'aide d'un grand camarade, les grosses lettres des affiches, et s'il écrivait assez mal, en revanche il comptait comme Pythagore lui-même.

Les taloches du début lui avaient sans doute mûri le jugement, car il apprit tout cela sans grand effort, et fut vite aussi savant que ses différents maîtres.

Malheureusement ses études de trombone furent interrompues avant qu'il eût pu acquérir un talent sérieux. A la suite d'une querelle avec le piston, son père quitta le cirque, et son trombone alla charmer les bêtes sauvages d'une ménagerie.

Les hasards de leur profession les rapprochèrent quelquefois, puis ils se perdirent de vue, et un jour on apprit que le trombone était mort d'une fluxion de poitrine. A la ménagerie, l'orchestre était sacrifié; il jouait alternativement à l'intérieur et à l'extérieur de la baraque, et ces brusques changements de température étaient pernicieux.

M. Adonis avait appris à veiller tout seul sur lui-même; il pleura son père, qui avait été bon pour lui lorsqu'ils vivaient ensemble; mais il ne fut pas effrayé de son abandon et de sa triste liberté autant qu'il aurait pu l'être dans d'autres conditions.

Avec ses bras on arrive généralement à gagner sa vie. M. Adonis avait, pour se tirer d'affaire, non

M. Adonis rêvait déjà de pêches miraculeuses dans la Loire.

seulement ses bras, qui ne manquaient certes pas d'adresse, mais encore des jambes qui pouvaient leur en remontrer. Il fallait les voir au trapèze volant, sur les bouteilles, sur le fil de fer, partout enfin où leur métier les appelait ! Et quelles cabrioles, et quels sauts périlleux !

Malheureusement, s'il était maître de ses pirouettes, M. Adonis, pas plus que les autres mor-

tels, ne l'était pas des événements; il y eut des
hauts et des bas dans son existence. Le cirque fit
de mauvaises affaires, la malechance s'acharnait
contre lui; les bêtes les plus savantes se laissèrent
mourir, les meilleurs chevaux devinrent boiteux.
C'était si décourageant, que les premier sujets
s'en allèrent tenter fortune ailleurs, laissant les
autres se débattre comme ils pourraient contre
le sort. Les seconds sujets, bientôt vaincus, se
dispersèrent à leur tour, et certain soir, vers la fin
d'une grande foire, M. Adonis, dernière épave du
malheureux cirque désemparé, se trouva à la belle
étoile, sur une place, sa mandoline sous un bras,
sa défroque sous l'autre, et rien dans ses poches...
ni dans l'estomac.

« Qui dort dîne. » C'était le cas d'en essayer;
mais les soucis, — sans parler de ses tiraillements
d'estomac, — l'empêchaient de s'endormir, aussi se
donna-t-il à lui-même une sérénade pour passer
le temps.

Ce fut une heureuse inspiration.

Parmi les badauds bientôt attroupés autour de
lui se trouva M. Lagadrillère, et M. Lagadrillère
n'était pas le premier venu.

M. Lagadrillère était propriétaire d'une belle
baraque dans laquelle, suivant les promesses de
l'affiche, on trouvait à rire et à pleurer, sans
compter les surprises de la physique amusante.

M. Lagadrillère fut vite au premier rang, et tout
aussitôt le jeune artiste sentit qu'il avait affaire

à un connaisseur. Il était courageux. Imposant silence à son estomac, il joua coup sur coup tout son répertoire avec un tel entrain, en se surpassant si bien lui-même, qu'à la dernière note des bravos enthousiastes éclatèrent autour de lui ; on lui jeta des sous. Il se baissait pour les ramasser, après avoir salué l'assistance avec grâce, quand un main se posa sur son épaule. M. Lagadrillère l'engageait séance tenante pour accompagner les chansons de Mlle Palmyre.

Interrogeant son nouvel artiste, après l'avoir fait dîner, le directeur découvrit bientôt qu'il venait de conclure un excellent marché, et il allongea aussitôt son programme d'un numéro de plus : le trapèze volant, par M. Adonis.

Ils étaient ensemble depuis six mois, et M. Adonis était devenu, après le patron, le plus solide pilier de l'édifice, c'est-à-dire de la baraque. Ne s'enfermant pas dans une spécialité, il y rendait à lui seul plus de services que deux ou trois artistes ordinaires. Outre son nouveau talent sur le tambour, il savait déjà exécuter le tour de l'omelette dans le fond d'un chapeau, et celui du mouchoir auquel on met le feu, et qu'un instant après on rend, parfaitement intact et sans trace d'incendie, à la dame complaisante, et un peu inquiète, qui a bien voulu le prêter. Quand Mlle Palmyre était enrhumée, il chantait à sa place en s'accompagnant lui-même, et enfin il pouvait à l'occasion, avec une fausse barbe et beaucoup de noir

autour des yeux, tenir le rôle du traître dans le
drame.

Le temps des taloches était passé. D'abord il n'en
méritait plus, et puis en eût-il mérité, que personne ne se fût risqué à lui en donner. M. Adonis
avait conscience de sa valeur et savait se faire res-
pecter. Ses camarades, petits et grands, le tenaient
en haute estime : les grands parce qu'ils savaient
que M. Adonis, peu endurant, ne craignait pas de
se mesurer avec les plus forts; et les petits parce
qu'il s'était fait partout le défenseur des faibles et
des opprimés. Avec cela, gai comme un oiseau, et
pas une once de fierté. M. Adonis se prêtait à tout;
il faisait aussi bien la soupe à l'oignon pour le
dîner que l'omelette pour rire au fond du chapeau
pour la représentation; il allait au marché, et il
était si hardi, il plaisantait si bien les vieilles mar-
chandes, que les plus avares lui rabattaient toujours un ou deux sous sur les additions.

M. Lagadrillère se félicitait souvent d'avoir mis
la main sur un pareil compagnon, sans compter
que sa dignité personnelle y avait beaucoup gagné.
Tandis que M. Adonis se mêlait si familièrement
aux simples mortels, lui-même, comme il le disait
fort bien, « gardait son rang. » On ne le voyait
qu'en habit noir et en cravate blanche derrière sa
table et ses gobelets d'escamoteur, ou bien enveloppé d'un long manteau rouge qui balayait les
planches autour de lui, à sa grande scène de la
malédiction; de sorte qu'en même temps que son

rang il gardait aussi tout son prestige sur les populations qu'il voulait bien visiter.

Ils étaient donc enchantés l'un de l'autre, et la baraque faisait des affaires d'or, lorsqu'on arriva, vers la fin de juillet, à H***, une petite ville sur le bord de la Loire, pour y attendre l'ouverture de la grande foire d'août à Tours, où M. Adonis allait pour la première fois faire briller ses grâces.

Là, disaient les camarades, ce serait grand genre. Pas de promenades par la ville, pas d'annonces aux badauds des rues : le public viendrait de lui-même à la baraque et sans se faire prier.

J'aurai donc des loisirs, se disait M. Adonis enchanté. Et *rataplan! rataplan!*... Au milieu de son tintamarre, tout en appelant les badauds actuels aux représentations qui allaient avoir lieu « en l'honneur de leur présence », il rêvait déjà de pêches miraculeuses dans la Loire et de fritures dorées dans la poêle. Mais qui est jamais sûr de son lendemain ?

II

Lucotte, n'ayant jamais été aux grandes foires de
Tours, n'avait rien vu, dans son existence, d'aussi
beau que le théâtre Lagadrillère : six marches de
bois à gravir, une rangée de quinquets, et, sur une
espèce de plate-forme, fermée au fond par de grands
rideaux, une dame très distinguée qui distribuait
les billets et recevait les sous. Ah ! la belle dame !
Quel magnifique chapeau à plumes, et quel sourire séduisant pour dire au public :

« Les premières?... par ici, Monsieur... A gauche,
les secondes. »

Près de la belle dame, M. Adonis se démenait,
suivant l'usage, criant à tue-tête le prix des places :

« Cinquante centimes les premières; vingt-cinq
centimes les secondes; quinze centimes les troisièmes! Quinze centimes seulement! Et on voit
aussi bien des troisièmes que des premières,
Messieurs; la seule différence, c'est qu'on est un

peu moins bien assis. Prenez vos places... Prenez vos places!... Ding, ding, dong !... »

Car, cette fois, la cloche remplaçait le tambour, mais les oreilles n'y perdaient rien.

M. Adonis n'avait plus son « complet » modeste de la journée; il était en maillot d'acrobate, et son costume de velours rouge était constellé de paillettes d'or, qui brillaient sous les quinquets comme des milliers d'étincelles.

La petite Lucette était si étourdie de tout ce bruit, si intimidée par la dame au beau chapeau qui lui réclamait ses trois sous, si aveuglée par toutes ces splendeurs, qu'un moment, perdant tout à coup la tête et l'équilibre, elle allait descendre à reculons, et d'un seul coup, les six degrés de bois, quand une main ferme saisit son bras, et vivement la remit d'aplomb sur les planches.

« Eh! criait en même temps une drôle de voix, moqueuse et agréable pourtant, pas si vite à la sortie! »

Et la pauvre Lucette crut défaillir tout à fait en voyant, penché sur elle, ce beau petit baladin tout en étoiles qui daignait la secourir.

« Monsieur!... » balbutia-t-elle, pénétrée de respect.

C'est tout ce qu'elle put dire; la voisine se pressait, ses enfants autour d'elle, et avec un sans-façon qui scandalisa Lucette, s'adressant au beau chevalier :

« Les troisièmes, jeune homme, fit-elle brièvement, par où?

— Par ici! »

Et, machinalement :

« Prenez vos places! ajouta-t-il, prenez vos places! »

C'était facile à dire, mais il y avait un nouvel escalier à descendre, cette fois, encore moins commode que le premier, et la petite bande hésita un moment au bord de l'abîme.

« Allons, grommela M. Adonis, ils vont trouver moyen de se casser deux ou trois jambes! »

Et, sautant d'un bond au bas de l'escalier :

« Attendez, la mère Gigogne, dit-il en riant, je vais vous placer tout ça! »

Et, grâce à sa complaisance, tous se trouvèrent bientôt sains et saufs, au premier rang des troisièmes, d'où ils verraient certainement, comme l'avait affirmé M. Adonis, aussi bien que des premières.

M. Adonis était reparti à ses affaires. La cloche sonnait, appelant de nouveaux élus, et peu à peu la salle s'emplissait. Quand elle fut toute pleine, on leva le rideau au milieu d'un silence solennel, et la représentation commença.

Lucette ne comprit pas très bien pourquoi M. Lagadrillère avait l'air si fâché dans son grand manteau rouge, ni pour quelle raison il maudissait Gustave; mais elle se tint sagement à sa place, sans ennuyer personne de ses questions, attendant pour s'amuser le reste de la représentation.

Elle s'amusa un moment en effet, pendant les tours d'escamotage, et perdit presque le souffle à force d'intérêt, en voyant apparaître en scène son fidèle chevalier, escortant la gracieuse baladine qui s'appelait sur l'affiche Mlle Palmyre.

Les chansons de Mlle Palmyre ne furent pas beaucoup plus claires pour Lucette que la malédiction de M. Lagadrillère, mais n'importe! Le public riait maintenant au lieu de pleurer, tout était pour le mieux. Ce qui alla moins bien, ce fut le dernier numéro, le trapèze volant. Non pas que l'artiste manquât de grâce et d'adresse, au contraire; M. Adonis montra une telle audace, il accomplit sur son trapèze des tours de force si extraordinaires, que l'assistance tout entière poussa des cris d'admiration, pendant que Lucette, toute tremblante, mettait ses mains sur ses yeux, tant elle avait peur.

Cependant, les bravos ayant redoublé, elle rouvrit un œil; M. Adonis faisait le soleil. Les mains solidement fermées sur la barre, il tournait, il tournait : la tête en haut, la tête en bas; les pieds en l'air, les pieds en bas. On ne voyait plus qu'une pluie d'or autour du trapèze.

C'en était trop. Lucette se dressa tout à coup, et les mains tendues :

« Arrêtez-le! cria-t-elle haletante, arrêtez-le, il va tomber! »

M. Adonis n'en tourna que mieux, mais le public

éclata de rire, tandis que la pauvre Lucette, hors
d'elle-même et perdant toute conscience de ce
qu'elle faisait, se mit à jeter des cris aigus.

Le public ne riait plus.

« Chut, donc! firent quelques voix.

— A la porte! » cria même un spectateur grin-
cheux.

L'incident prenait les proportions d'un scandale,
et la pauvre voisine, très confuse, allait emmener
Lucette, quand M. Adonis s'arrêta enfin, très rouge
et essoufflé après ce violent exercice, mais souriant,
la main sur son cœur, et recevant d'un air modeste,
en homme qui n'a fait que son devoir, une dernière
salve d'applaudissements.

Le revoyant sain et sauf et dans une position
normale, Lucette se calma aussitôt et, très honteuse
maintenant de la scène qu'elle venait de faire, elle
retomba sur son banc, tête basse et n'osant plus
regarder personne.

Comme le public s'empilait au bas des marches,
la voisine resta prudemment en arrière avec toute
sa bande, et Lucette commençait à revenir à elle
et à sécher ses larmes, quand une nouvelle émotion la fit trembler encore.

Pendant que ses petits camarades grimpaient
les marches, des pieds et des mains, un coin du
rideau se releva tout à coup, un bras se montra,
puis une tête; puis M. Adonis en personne, et,
encore dans toute la gloire de ses paillettes, sauta
légèrement au parterre.

Pour la seconde fois, en cette soirée mémorable, l'artiste soleil s'adressa à l'humble et timide mortelle.

« Ah! fit-il, la reconnaissant à ses larmes, c'est toi qui as crié? »

Lucette aurait voulu s'enfoncer sous terre; mais, la terre ne s'ouvrant pas, elle dut rester là, devant lui, demi-morte, et sans autre ressource que de pleurer encore.

Au moment où s'était produit l'incident M. Adonis était trop occupé pour en rire, mais il se rattrapait maintenant, et la pauvre Lucie baissait la tête de plus en plus lorsque, cessant de rire :

« Allons, fit-il tout à coup, ne pleure pas comme cela, tu es un bon petit cœur! »

Et, la soulevant dans ses bras, il la passa à la voisine :

« Seulement, reprit-il en riant de nouveau, il ne faut pas me croire si maladroit. Ça me connaît, va, ces exercices-là! »

« Ça le connaissait, » en effet; car, le lendemain et le surlendemain on le revit sur la barre, soleil éblouissant, et la preuve qu'il ne s'en portait pas plus mal, c'est qu'il reparut après, courant la ville avec son tambour, et annonçant chaque fois, avec le même entrain, de nouvelles merveilles.

Un jour M. Adonis, ayant besoin d'une feuille de papier bleu pour réparer un décor, entra dans la librairie Bounat. Lucette y était justement seule, aux prises avec l'addition quotidienne qui faisait le malheur de sa vie.

« Tiens !... c'est toi ? » dit sans façon M. Adonis en la reconnaissant. Puis de sa voix moqueuse :

« Tu ne viens donc plus nous voir ? reprit-il ; tu avais pourtant l'air de bien t'amuser ! »

Il était beaucoup moins imposant en veston qu'en paillettes, aussi Lucette sourit-elle cette fois, sans perdre la tête.

« Maman ne veut plus, dit-elle simplement, parce que l'autre soir j'ai été trop sotte ; cela m'a donné le cauchemar de vous voir tourner, et j'ai encore crié dans la nuit. »

M. Adonis sourit à son tour, mais avec une moue de dédain :

« Tu ferais une mauvaise artiste, » dit-il.

Et sous ce reproche, consciente de son infériorité, Lucette courba humblement le front.

Mais, se souvenant tout à coup qu'elle gardait la boutique en l'absence de sa mère :

« Maman va venir, reprit-elle timidement, voulez-vous attendre une minute ? »

Elle allait lui offrir une chaise, quand elle le vit s'élancer d'un bond sur le comptoir :

« Je ne suis pas pressé, dit-il négligeamment ; qu'est-ce que tu fais là ?

— Mes devoirs. »

L'artiste soleil soupira :

« Tu as bien de la chance, dit-il d'un air d'envie ;

moi je n'ai pas le temps d'apprendre, et j'aimerais pourtant bien cela !

— Oh ! » fit la petite fille le regardant, surprise et incrédule.

D'abord elle aurait cru que tous ces beaux messieurs d'or et de velours étaient, de naissance, des savants ; puis, désabusée sur ce point, elle s'étonnait qu'on pût soupirer après les délices d'une addition ou d'un problème.

Cependant M. Adonis, sans s'expliquer là-dessus, examinait les cahiers de Lucette avec la gravité d'un inspecteur primaire :

« Quel âge as-tu ? demanda-t-il.

— J'ai huit ans.

— Tu écris bien pour ton âge ! »

Et l'artiste poussa un second soupir, l'écriture étant son point faible. Puis il jeta un coup d'œil sur les chiffres qu'elle venait d'aligner, et alors, enjambant le comptoir, il se trouva subitement sur ses deux pieds, derrière la chaise de la petite fille.

« Mais, malheureuse, s'écria-t-il avec horreur, elle est mauvaise, ton addition ! »

Déjà il avait saisi la plume, et soulignant chaque erreur d'un cri indigné :

« Oh ! oh ! oh ! regarde un peu, fit-il ; pas un chiffre juste, pas un ! Elle est jolie ton addition ! »

Et le voilà comptant tout haut, corrigeant, posant et retenant avec une telle ardeur, qu'il ne vit pas Mme Bounat rentrer sur ces entrefaites.

Elle n'avait, il est vrai, pas fait grand bruit, étant restée d'abord stupéfaite et sans voix sur le seuil de la porte en reconnaissa au comptoir le petit baladin, penché en professeur sur les cahiers de sa fille.

Il ne se déconcerta du reste en aucune façon, quand Lucette murmura enfin :

« Voilà maman ! »

La saluant de sa place, comme s'il eût été le marchand et elle la cliente :

« Bonjour, Madame, dit-il en riant avec cette aisance que donne la grande habitude du monde, j'aidais un peu votre fille en vous attendant, et ce n'est pas de trop ! Elle faisait un fameux massacre de chiffres ! »

Et, rendant la plume à Lucette :

« Tiens, reprit-il, fais la preuve ; je parie bien qu'elle est bonne cette fois ! »

Puis franchissant une dernière fois le comptoir, il se retrouva au milieu de la petite boutique, et posément :

« Je voudrais une grande feuille de papier bleu-ciel, » dit-il la casquette à la main.

III

Mᵐᵉ Bounat n'avait jamais eu aucun rapport avec des artistes ; il lui fallut un moment pour se remettre de l'ébahissement qui lui causaient les singulières façons de son nouveau client.

Cependant on lui demandait du papier bleu, elle en vendait ; elle alla donc en chercher un rouleau dans un coin de la vitrine.

« C'est pour refaire notre ciel, dit M. Adonis, qui n'avait pas de secrets pour ses amis. Le patron l'a crevé hier soir. La perte n'est pas grande, du reste, les nuages commençaient à s'effacer ; j'en ferai de tout neufs là-dessus, ce sera magnifique.

— Vous savez donc dessiner ? fit Lucette.

— Dessiner ! répéta M. Adonis en riant ; pour faire des nuages, ce n'est pas la peine. On charbonne de grands festons, on les barbouille bien, et c'est tout à fait ressemblant. Pour les vagues de

la mer c'est la même chose; seulement au lieu de
charbon on prend de la craie pour faire l'écume.
Lundi prochain nous jouerons une nouvelle pièce:
le Naufragé de la côte; venez donc la voir. J'ai
refait la mer l'autre jour; c'est tout à fait ça. On
s'y noierait. »

Et, riant toujours:

« Voyez-vous, reprit l'artiste, dans notre métier
il faut savoir se tirer d'affaire à peu de frais. La
recette est souvent maigre, et, malheureusement,
on a aussi faim ces jours-là que les autres; il n'y
a pas à dire qu'on fera un arrangement avec son
estomac.

— Si vous n'aimez pas votre métier, pourquoi
n'en changez-vous pas? » demanda la marchande,
s'intéressant malgré elle à ce drôle de petit client.

M. Adonis haussa l'épaule:

« Je n'ai pas dit que je ne l'aimais pas, répon-
dit-il; il a du bon. Et puis, on ne change pas de
métier comme on voudrait; il faut une occasion,
des connaissances... Il faut refaire un apprentis-
sage aussi; le mien est fini, et ça m'ennuirait de
recommencer. Je gagne ma vie, vous savez, ajouta-
t-il en se redressant d'un air fier.

— C'est très bien, dit Mᵐᵉ Bounat doucement;
d'ailleurs, on peut être honnête partout. »

L'artiste eut un tressaillement; il rougit et ses
yeux brillèrent:

« Comme vous le dites, Madame, répliqua-t-il
l'air offensé; les baladins peuvent avoir leur hon-

nêteté aussi bien que n'importe qui. Je n'ai jamais fait tort d'un sou à personne. Payez-vous, Madame !»

Et, d'un geste que M. Lagadrillère lui eût envié pour sa plus grande scène, il tendit une pièce de dix sous à la marchande abasourdie.

« Maman, tu l'as fâché, » murmura Lucette, pendant que sa mère comptait la monnaie.

M. Adonis l'entendit, et sa bonne humeur habituelle reprenant le dessus :

« Je ne suis pas fâché, reprit-il, un peu rouge encore cependant; mais, tout de même, ce n'est pas très agréable de se voir mépriser en général et sans raison parce qu'on est baladin. »

Mᵐᵉ Bounat était une brave femme et une bonne chrétienne, incapable, au contraire, de mépriser personne sans avoir pour cela de bonnes raisons. En rendant la monnaie au petit saltimbanque, elle voulut faire la paix avec lui :

« Vous êtes un peu vif, dit-elle et par trop susceptible ! Où prenez-vous que j'aie voulu vous offenser ? »

Et comme M. Adonis baissait les yeux, un peu confus maintenant de son mouvement de colère :

« Je vous crois honnête, mon garçon, reprit la marchande en souriant; si vous ne l'étiez pas, vous ne vous seriez pas si bien défendu. Êtes-vous près de vos parents ?

— Non, Madame, je n'ai plus ni père ni mère, répondit M. Adonis, considérablement radouci.

— Pauvre petit ! Vous voyez bien ! Quoi que vous

en disiez, un enfant comme vous, livré à lui-même, est plus exposé qu'un autre à se tromper de route, faute de bons conseils et d'habitudes régulières, et dans votre métier on n'en a guère; voilà ce que je voulais dire. Mais j'ai dit aussi qu'on pouvait être honnête partout cependant, et je n'ai aucun droit de penser que vous ne le resterez pas. »

M. Adonis trouva sans doute la réparation suffisante, car il s'attarda un moment encore dans la boutique. Il alla même jusqu'à avouer que « le patron » ne perdait guère son temps, en effet, à lui faire des cours de morale, et que, s'il ne lui conseillait rien de mal, il ne lui enseignait rien de bien non plus, le laissant chercher sa route sans autre boussole que sa propre conscience.

C'était vrai. Par bonheur sa conscience, se trouvant bien placée, ne l'avait guère trompé jusqu'ici: et c'est en toute sincérité que le pauvre petit baladin pouvait déclarer n'avoir jamais fait tort d'un sou à personne.

C'était déjà bien. Pour le reste, en garçon avisé, il s'était fait beaucoup d'opinions d'après ses lectures, — il était grand liseur, — et d'après ce qu'il voyait et entendait autour de lui. Comme il en voyait et en entendait de toutes les façons, ses impressions étaient variées, et il y trouvait matière à de grandes réflexions.

Par le fait, il se faisait donc de la morale à lui tout seul, et ne s'en tirait pas trop mal pour un acrobate.

Cette escarmouche eut pour résultat une certaine intimité entre la marchande et son pointilleux client. Le lendemain, quand il annonça au son du tambour : *Gustave ou le Fils maudit*, avec de nouveaux décors, M. Adonis eut un sourire d'intelligence pour la papetière, qui, plus avancée que le gros public, savait déjà à quoi s'en tenir sur le changement promis ; puis sa tournée finie, quand il repassa devant la porte de la librairie, il entra en ami pour voir, dit-il, ce que devenait « son élève » avec ses additions.

Son élève n'étant pas rentrée de l'école, il l'attendit sans y être invité, et posant à terre son éternel tambour, il se percha, comme la veille, sur le comptoir, et de là, pour causer, sans intention indiscrète, il posa à la marchande quelques questions sur son commerce et sur sa vie privée.

Il apprit avec peine, — car, ayant connu la misère, il compatissait au malheur des autres, — que la librairie n'allait pas très bien, et que la libraire avait connu, du vivant de son mari, des jours plus heureux dans un beau magasin ; mais que, devenue veuve, et ayant fait de mauvaises affaires, elle avait maintenant bien du mal à joindre les deux bouts et à élever sa fille.

Là-dessus M. Adonis, de plus en plus touché, lui offrit sa bourse, sans s'arrêter à cette considération qu'elle était généralement vide.

Mme Bounat eut peine à ne pas sourire en le remerciant, mais elle ne lui fut pas moins très

reconnaissante de ses bonnes intentions, et dut
s'avouer que parmi ses meilleurs amis, parmi ses
parents même, pas un ne s'était montré disposé
à lui rendre le service que lui offrait là spontané-
ment ce pauvre petit étranger.

« Vous êtes un brave cœur! dit-elle la voix attendrie, faisant presque en elle-même amende hono-
rable à la confrérie tout entière des baladins, en
faveur de celui-ci. Mais vous n'avez sans doute
pas trop de tout votre argent pour vous-même ? »

M. Adonis se mit à rire :

« Oh! que si, fit-il; j'en perds, allez! mes camarades m'en empruntent, et puis je me paye des
fantaisies, je fais des dépenses inutiles. »

Mme Bounat secoua la tête avec une certaine
sévérité:

« Il vaudrait mieux faire des économies, dit-elle,
votre métier est dangereux; si un accident vous
forçait à interrompre vos représentations, que
deviendriez-vous ? »

C'était une éventualité désagréable à envisager,
et l'artiste, la mine allongée, jeta un regard de
reproche à l'oiseau de mauvais augure qui, sans
plus de ménagements, la lui mettait ainsi sous les
yeux. Jusqu'ici, avec l'imprévoyance proverbiale
de la cigale, il s'était laissé vivre au jour le jour,
sans s'inquiéter du bien ou du mal qu'apporterait
le lendemain, sans douter jamais de sa santé, de
la force et de l'agilité de ses membres. Tomber!
Depuis que M. Adonis figure sur les programmes,

Il n'a jamais donné au public ce spectacle ridicule, il n'a jamais éprouvé cette humiliation. Ce sont les poltrons et les imbéciles qui se laissent choir maladroitement. Si Mme Bounat l'avait vu faire le soleil, elle aurait de lui une opinion plus flatteuse. Et cette pensée lui rendant son orgueilleuse confiance :

« Bah ! dit-il, non sans fatuité, le métier n'est pas plus dangereux qu'un autre quand on n'est plus un apprenti, et sans me vanter... »

Il n'acheva pas sa phrase, la jugeant suffisamment claire pour convaincre la marchande de ses mérites ; mais la marchande était une personne difficile à éblouir :

« De plus habiles que vous s'y sont estropiés pourtant, reprit-elle avec douceur ; des gens célèbres, dont on parlait dans les journaux, et qui se sont tout à coup trouvés dans la misère ! »

L'artiste soleil resta un moment sans réplique, l'air dépité. La renommée n'avait encore rien fait pour lui, et son nom, tout prétentieux qu'il fût, était encore peu connu dans le monde.

L'amertume de cette pensée changea le cours de ses réflexions, et, vivement :

« Ces grands artistes dont vous parlez ont commencé comme moi, Madame, s'écria-t-il en relevant la tête d'un air de défi ; et rien ne dit...

— Que vous ne finirez pas comme eux, justement ! » répliqua la marchande avec la même tranquillité,

M. Adonis n'avait pas prévu ce dernier coup; il dut baisser pavillon, et riant malgré lui :

« C'est positif! » dit-il.

Il resta un moment silencieux, puis, le ton plus modeste :

« Vous pourriez bien avoir raison, reprit-il. Ça me gênerait beaucoup de me casser un bras ou une jambe dans ce moment, à la veille d'une grande foire, et ça gênerait le patron aussi, et Mlle Palmyre, et la patronne aussi, dont je suis le cordon bleu ; tout le monde enfin. »

Et, demeurant tout à coup nerveux :

« J'aime mieux ne pas parler de ça, ajouta-t-il brusquement, ça pourrait me porter malheur ; je suis capable de manquer mon coup ce soir.

— Quelle idée! s'écria Mme Bounat ; vous n'êtes pas superstitieux, j'espère ? ce n'est pas de parler du malheur qui l'attire, allez ; et quand on l'a prévu, quand on a pris ses mesures d'avance, on ne s'en trouve que mieux pour le supporter.

— Peut-être bien ! fit le petit baladin, retrouvant son insouciance. Mais c'est égal, reprit-il aussitôt malicieusement, s'il m'arrive malheur ici, je vous en rendrai responsable et je vous demanderai des dommages et intérêts ; ça vous apprendra à me mettre la mort dans l'âme.

— C'est entendu, répondit la marchande en riant ; mais, de votre côté, engagez-vous à réfléchir un peu à ce que je viens de vous dire, cela vous apprendra à faire des économies.

— Savez-vous? s'écria alors l'artiste illuminé, sur le coup d'une idée magnifique; je vous les confierai, ces fameuses économies, vous les placerez dans votre commerce, et nous serons associés; ça vous va-t-il? »

Mme Bounat secoua la tête.

« Non, dit-elle un peu tristement, ce serait pour vous une trop mauvaise affaire. J'ai depuis quelque temps un nouveau concurrent qui me fait beaucoup de tort; Dieu sait ce que sera d'ici peu mon commerce, et je ne veux pas risquer de vous faire perdre votre argent. Et puis, savez-vous que vous êtes imprudent? reprit-elle avec un sourire amical; ce n'est pas très sage de se fier comme cela à des inconnus. Qui vous dit que je mérite votre confiance?

— Oh! fit M. Adonis avec candeur, je risque si peu de chose! D'ailleurs, reprit-il plus poliment, votre figure me revient, vous avez l'air d'une brave femme, et votre gamine, qui a si peur que je me fasse mal, elle aussi, est une bonne petite fille; je serais fâché de la savoir malheureuse. Que voulez-vous! je suis comme ça! Quand on me montre de l'intérêt, ça me fait plaisir. Voulez-vous mon argent, oui ou non? »

La marchande réfléchit un moment; puis enfin :

« Vous êtes un fameux original, dit-elle en riant; donnez-le-moi, puisque vous y tenez, je le placerai pour vous à la caisse d'épargne.

— Vous en ferez ce que vous voudrez, répondit

nonchalamment l'artiste, vous serez mon banquier. Mais quand je ne serai plus ici, comment ferons-nous ?

— Vous me l'enverrez par la poste.

— C'est cela; je vous écrirai et je vous raconterai mes petites affaires. » . . . .

. . . .

L'écolière ne rentrant pas, le professeur de mathématiques dut se retirer sans l'avoir vue; ses devoirs de cordon bleu le rappelaient à la marmite.

Mme Bounat le regardait s'éloigner de son pas souple et léger de gymnaste, son tambour repoussé sur le côté, la tête hardiment levée sous le feu croisé des regards qu'on lui jetait de toutes les portes et les fenêtres de chaque côté de la rue; l'air vainqueur enfin, en artiste sensible aux douceurs de la popularité, et Mme Bounat réfléchissait.

A tête reposée, elle s'étonnait elle-même de cette liaison subite avec le baladin. N'allait-elle pas maintenant s'embarrasser de ses affaires? Quelle singulière aventure ! Et savait-elle seulement s'il n'était pas un affreux petit mauvais sujet? A quel propos, comment en était-elle venue là?

Comment? Mais parce qu'il le lui avait demandé tout net, qu'il s'était confié à elle, pour cette raison flatteuse, — et Mme Bounat riait encore en y songeant, — que son air lui revenait. Parce qu'il lui avait ouvert sa bourse aussi, pauvre petite cigale, tout simplement, comme si c'était la chose du monde la plus ordinaire, en brave et généreux cœur, mais en tête sans cervelle aussi, en vrai petit étourneau.

Comment l'eût-elle repoussé? Il s'imposait avec une ingénuité si touchante, lui, son argent et son amitié! Et pourquoi le repousser après tout? Comme lui, elle ne risquait pas grand'chose. Que lui en coûterait-il de donner à l'occasion quelques bons conseils au pauvre orphelin ? Et quel service elle pouvait lui rendre en se faisant son banquier, comme il l'avait dit lui-même en l'habituant à économiser son argent !

« Un mauvais sujet, répétait la brave femme en elle-même, il n'en a pas l'air, mais il pourrait bien le devenir, pauvre petit abandonné! »

Et pendant que M. Adonis, qui n'y pensait déjà plus, sifflottait gaiement en faisant roussir sa fricassée au grand air, Mme Bounat s'attendrissait de plus en plus sur le protégé qui se donnait à elle avec cette confiance instinctive d'un pauvre chien perdu, qui rencontre sur son chemin une âme compatissante.

IV

La représentation du soir fut un des grands.
succès de la saison.

Les nouveaux décors firent merveille, jamais
nuages si noirs n'assombrirent firmament si bleu.
Et quand M. Lagadrillère appela sur la tête du
coupable Gustave la foudre du ciel, on crut, en
vérité, voir l'éclair jaillir des dessins au charbon.

M. Adonis ne « manqua pas son coup », comme
il en avait eu, un moment, la crainte supersti-
tieuse, et ses pressentiments s'envolèrent bien
vite au bruit des acclamations d'un public enthousiaste.

Il se sentait heureux. Les recettes étant bonnes,
on pouvait espérer que la paye des artistes, assez
irrégulière parfois, serait intégralement faite.

Un de ces jours, se disait M. Adonis, j'arriverai
chez la marchande avec mon argent; elle verra si
je me moquais d'elle.

Et il s'endormit bientôt sur une couche plus étroite que moelleuse, d'un sommeil profond que lui valaient une conscience pure et l'exercice prolongé du trapèze.

Le lendemain en effet, au déjeuner, M. Lagadrillère, qui venait de faire ses comptes, déclara d'une voix attendrie que les habitants de H*** étaient décidément des gens éclairés et amis des arts, que jamais, depuis ses débuts dans la carrière, il n'avait vu ses représentations aussi suivies et son escarcelle aussi bien garnie ; puis, à la satisfaction générale, il termina ce discours d'heureux augure en invitant ses artistes à passer à la caisse.

Ils ne se firent pas prier, et quand, un instant plus tard, M. Adonis partit, tambourinant, il avait son trésor précieusement serré dans la poche intérieure de son veston, tout près du cœur.

Il fit l'annonce avec d'autant plus de solennité que le programme changeait réellement ce soir-là. Le succès de *Gustave ou le Fils maudit* était épuisé, tout le monde l'ayant vu et revu ; aussi M. Lagadrillère, très reconnaissant, disait l'annonce, « de l'empressement dont ces dames et messieurs honoraient sa troupe, et ne reculant devant aucun sacrifice pour continuer à le mériter, » M. Lagadrillère montait une seconde pièce : *le Naufragé de la côte,* avec de nouveaux décors (les vagues écumantes, dues au bâton de craie de M. Adonis).

Le programme devait subir, hélas! bien d'autres changements.

Joyeux, pressé, l'artiste allait de carrefour en carrefour, insensible ce jour-là aux regards de la foule, au murmure flatteur qui s'élevait partout sur son passage. D'avance il jouissait de la surprise, de la satisfaction de son banquier, mis si vite en possession des fonds à peine attendus; d'avance il voyait son nom, le vrai, Claude Girard, et non pas son nom de théâtre, s'étalant sur la couverture du livret de la caisse d'épargne, et il se sentait presque un personnage, un capitaliste; pour un peu il aurait demandé à payer des impôts.

Sa tête travaillait et ses idées faisaient encore plus de chemin que ses jambes :

Le trésor grossirait chaque année, et alors, si le malheur arrivait, — le fameux accident prévu par la marchande! — il ferait le rentier. Il n'aurait qu'à se tenir à l'ombre ou au soleil selon la saison, le bras en écharpe ou le pied bandé, suivant le cas, et à manger son magot en attendant la guérison et le moment d'en refaire un autre. C'était parfaitement arrangé, et maintenant il pouvait se laisser vivre sans souci et sans arrière-pensée; voilà son avenir assuré, et Mme Bounat est une maîtresse femme... Rataplan! rataplan! rataplan!

Tout en songeant, il était arrivé au coin d'une rue, et d'une main vigoureuse il exécutait un superbe roulement.

« Voilà ma tournée finie ; si elle le peut, nous irons tout de suite à la caisse d'épargne, nous... »

Hélas! tous ces beaux projets sont coupés dans la fleur! M. Adonis ne peut même les achever. Au plus fort de son vacarme, un choc violent le jette rudement à terre, quelque chose passe comme un tourbillon, le piétinant, le broyant contre le pavé!... Un grand cri a éclaté, suivi d'un silence plein d'horreur... On court au petit baladin, qui ne s'est pas relevé. Son front a porté contre l'angle du trottoir; il est couvert de sang, inerte, mort peut-être !

On s'empresse, on appelle au secours : le médecin, le pharmacien. De l'eau, du vinaigre!

Un grand rassemblement s'est formé autour du baladin, mais il ne voit rien, ne fait pas un mouvement. On l'emporte enfin dans une pharmacie, et le premier soin du docteur, en arrivant, est de fermer la porte devant les curieux. Ils n'en restent pas moins groupés dans la rue, attendant les nouvelles.

Au bout d'un instant le bruit court que le blessé a ouvert les yeux : il n'est pas mort, mais peu s'en faut !

La foule respire cependant, et les commérages commencent; les derniers venus obtiennent des renseignements détaillés :

Une lourde voiture de commis voyageur, attelée de deux chevaux, était arrêtée à la porte de l'auberge, un peu plus bas dans la rue. Au bruit soudain du tambour, les chevaux, prenant peur, s'étaient emportés. Le pauvre petit n'entendait rien, il faisait trop de bruit lui-même.

« Le temps de dire: Ouf! répète une vieille

Hélas! tous ces beaux projets sont coupés dans la fleur.

femme qui a tout vu et en tremble encore, il a été renversé et la voiture a passé sur lui.

— Je l'ai vu aussi de ma porte, dit un autre, je lui ai crié: Rangez-vous! Mais il était trop tard. »

L'histoire est redite vingt fois. Tout le monde l'a vu, tout le monde lui a crié: Rangez-vous! Mais trop tard!

« Et le commis voyageur? Qu'est-il devenu ?

— Il a traversé toute la ville à fond de train, sans pouvoir retenir ses chevaux, mais il n'y a pas eu d'autre accident. Il doit être arrêté maintenant sur la route. »

Personne n'y alla voir, l'intérêt se reportant bientôt sur le blessé. La porte de la pharmacie s'ouvrait toute grande pour laisser passer deux hommes chargés d'une sorte de brancard improvisé par le pharmacien; c'étaient deux comédiens de la troupe, avertis de l'accident.

« Ils l'emportent à la baraque !

— Non, les hommes prennent un autre chemin.

— A l'hôpital, alors! »

Et un cortège se forme derrière le brancard; mais, à la stupéfaction générale, les porteurs s'arrêtent devant la librairie Bounat.

« C'est le petit qui l'a demandé! » murmure dans la foule une personne bien renseignée.

Mᵐᵉ Bounat travaillait dans son coin habituel, au fond de l'arrière-boutique, quand la sonnette l'appela au magasin. Elle accourut; mais, s'arrêtant net, elle jeta un cri et devint aussi pâle que la pauvre petite figure qu'elle avait reconnue tout à coup, entourée de bandes et enfoncée dans un oreiller.

« Qu'est-il arrivé? » murmura-t-elle toute tremblante.

M. Adonis avait repris sa connaissance; sur son conseil, les camarades avaient déposé leur fardeau au milieu du comptoir; c'était décidément la place adoptée par le petit baladin.

En quelques mots, un des porteurs expliqua l'accident, et comme Mme Bounat se penchait sur lui, toute bouleversée, le blessé sourit; mais c'était un sourire qui ne ressemblait pas plus à son joyeux sourire de la veille qu'il ne ressemblait lui-même, aujourd'hui, à l'artiste soleil si brillant d'ordinaire sur son trapèze. C'était un pauvre petit sourire, si piteux et si résigné en même temps, que Mme Bounat sentit les larmes la gagner.

« Je vous le disais bien que vous me porteriez malheur! murmura-t-il; et sa voix, si ferme et si sonore tout à l'heure encore en faisant l'annonce, était toute changée et affaiblie; le voilà, notre accident ! »

Et, sur ces mots, Mme Bounat pleura tout à fait.

« On m'emporte à l'hôpital, reprit-il; et sa voix s'altéra encore, je n'aime pas beaucoup cela. »

Il s'arrêta, fatigué; puis hésitant un peu :

« J'ai touché mon argent ce matin, reprit-il, soulevant sa main avec peine pour chercher sa poche, croyez-vous que quelqu'un voudrait me soigner pour si peu? »

Sa voix était si plaintive, son regard si inquiet, que la marchande n'y sut pas résister. Prenant sa main, elle la remit doucement sur la couverture dont il était enveloppé :

« Vous n'irez pas à l'hôpital, dit-elle, laissez votre argent, je vous garde ici ! »

M. Adonis fit un brusque mouvement vers elle, mais il retomba aussitôt sur l'oreiller, sans même jeter un cri. Il avait de nouveau perdu connaissance.

Les badauds commençaient à s'impatienter : que se passait-il donc dans la librairie Bounat ?

Un quart d'heure s'écoula encore, puis le brancard reparut, mais... toutes les bouches s'ouvrirent uniformément, il était vide ; le blessé avait disparu.

Ce ne fut qu'un cri dans la foule :

« C'était chez Mme Bounat qu'on le portait ? Par exemple ! »

Sur cette exclamation vague, les curieux se dispersèrent ; l'aventure était terminée, rien de plus extraordinaire ne pouvant se produire désormais.

M. Adonis était bientôt revenu à lui ; la joie l'avait un peu trop fortement secoué tout d'abord, et puis il s'était fait mal en se remuant sans y penser ; mais ce n'était rien de grave, et les camarades lui prodiguèrent si généreusement le vinaigre de Mme Bounat, qu'en peu de minutes il se sentit encore de ce monde. On lui défendit formellement toutefois de le prouver, et pour couper court à toute espèce de scène, Mme Bounat disparut, le laissant à la garde de ses camarades, pendant qu'elle lui préparait un lit.

Ce lit, ce fut celui de Lucette. Mᵐᵉ Bounat
n'avait qu'une chambre, et un grand cabinet où
couchait sa fille. Elles se gêneraient un peu;
Lucette céderait le cabinet au blessé et dormirait
près de sa mère. Ce fut bien vite combiné et
organisé.

Les deux camarades couchèrent M. Adonis et
lui conseillèrent de dormir en attendant mieux,
ce qui est le conseil le plus généralement donné
aux malades; puis, en quelques phrases un peu
embarrassées, mais dont le fond était sincère, ils
offrirent à Mᵐᵉ Bounat leurs remerciements de ses
bontés pour un des leurs, et leurs services, s'ils
pouvaient lui être utiles, puis ils se retirèrent
discrètement.

Mᵐᵉ Bounat vendit ce jour-là plus de bouteilles
d'encre, de crayons et de porte-plumes qu'elle n'en
vendait ordinairement en un mois. C'était à qui
entrerait sous un prétexte ou un autre dans la
modeste boutique, devenue tout à coup le théâtre
d'un si grand événement.

Les indiscrets ne manquent pas; la marchande
eut à répondre à cent questions, qu'on n'avait
aucun droit de lui adresser, sur l'installation de
son pensionnaire et sur les raisons qui avaient
pu la pousser à s'en embarrasser. Elle répondit
simplement que l'enfant lui ayant fait pitié, elle
l'avait recueilli, et qu'elle le garderait jusqu'à sa
guérison.

Alors, nouvelles observations sur la charge et

la responsabilité qu'elle prenait là, et conseils
nombreux sur la meilleure façon de se faire aider.
Il importait, avant tout, d'attaquer Guillet, le commis voyageur auteur de l'accident, et de l'obliger
à payer à sa victime des dommages et intérêts.

A cette proposition Mme Bounat ne répliqua
rien, elle était distraite. C'est qu'elle se souvenait
tout à coup de la menace qui lui avait été faite
si gaiement par son protégé de lui en réclamer
à elle-même, en cas de malheur. Le cas se
présentait, hélas ! Eh bien, elle s'exécutait ! Ces
dommages et intérêts, le commis voyageur les
devait, certes, au patient, répétaient les commères.

« Pourtant c'est son enragé tambour qui est
cause de tout ! remarquaient quelques clients ; la
chose peut être discutée.

— En tout cas, faites des démarches, et si le
voyageur ne se montre pas, mettez la police après
lui ! »

On n'eut pas à en venir là, et la chose fut réglée
sans l'intervention de personne. Le soir même, le
voyageur se présenta à la librairie : il s'était tiré
sain et sauf de l'aventure ; mais, retenu par ses
affaires, il n'avait pu venir plus tôt. Sans doute,
comme on l'avait fait observer déjà, « l'enragé
tambour » était la cause première de l'accident ;
mais le voyageur était un bon garçon, et rien qu'à
voir la victime étendue dans ce petit lit si blanc,
il s'attendrit tout de suite, non seulement sur
l'éclopé, mais sur la garde-malade qui le soignait

si bien, et, sans s'informer s'il devait ou non une indemnité, il la donna.

« Je sais que vous n'êtes pas riche, dit-il à la marchande, et je ne veux pas vous laisser toute la charge; nous nous arrangerons. »

D'avance, il laissa entre les mains de Mme Bounat une somme qui suffirait pour les premiers frais; puis il promit de revenir la voir quand ses affaires le ramèneraient à H***, c'est-à-dire avant un mois.

Les commères, dûment informées du fait et n'ayant plus ni critiques à faire ni conseils à donner, cessèrent peu à peu de s'intéresser à la question, et Mme Bounat n'eut plus de comptes à rendre à personne.

Sa bonne action lui gagna cependant deux amis : l'abbé Renaud, le vieux curé de H***, qui vint un des premiers visiter le malade, et le docteur qui lui donnait ses soins, et qui, au lieu de se faire payer, fournit encore, par-dessus le marché, les drogues qu'il ordonnait.

Dès le premier soir, M. Lagadrillère était aussi venu voir son artiste, et avait fait une forte grimace en le voyant si mal en point. Une jambe cassée ne se guérit pas en un jour, adieu le trapèze volant pour la foire d'août!

Cependant il finit par s'estimer heureux de n'avoir aucun frais à supporter, tout en se lamentant beaucoup sur le tort que lui causait l'accident, et il voulut bien promettre de rendre à M. Adoris son emploi dans la troupe, dès qu'il serait rétabli, s'il le voyait capable de le reprendre avec succès, et s'il n'avait pas trouvé à le remplacer d'ici là.

Son attitude fit tomber quelques-unes des illusions que l'artiste s'était faites sur la sensibilité de son directeur et sur la place qu'il tenait dans ses affections. C'était peu encourageant pour l'avenir.

Le Naufragé de la côte, malgré ses vagues écumantes, n'obtint pas le même succès que *Gustave ou le Fils maudit*. Le public ne montrait plus le même empressement à gravir les marches de la baraque; la saison finissait. D'ailleurs il était temps de plier bagage; on touchait à l'ouverture de la foire de Tours.

Un beau matin, les comédiens, se portant en masse à la librairie Bounat, vinrent pour la dernière fois, à la secrète satisfaction de la marchande, serrer la main du pauvre petit camarade qu'on laissait derrière en si piteux état. Et le soir même, sur la grève, il ne restait plus qu'un peu de cendre et de paille à la place où, la veille encore, se dressait si fièrement le théâtre Lagadrillère.

V

M. Adonis n'éprouva pas un bien grand vide de
ce départ. Sans doute, ses camarades étaient de bons
garçons : ils lui avaient apporté chez Mme Bounat,
sans en rien distraire, « ses nippes et tout son
bibelot, » comme ils disaient; sa mandoline en bon
état et son tambour (celui-ci lui appartenait en
propre, il l'avait eu d'occasion) tel qu'il était sorti
de la bagarre, c'est-à-dire aussi détérioré que son
propriétaire, mais non pas complètement hors de
service; tous avaient promis de lui écrire, de le
tenir au courant des succès de la troupe et des
changements qui pourraient s'y produire. M. Adonis leur en était bien sincèrement obligé et les
avait remerciés aussi vivement que sa faiblesse
le lui avait permis; mais il était alors trop malade
pour ressentir autre chose qu'une grande lassitude
de la scène des adieux. A peine la porte refermée

sur le dernier baladin, il s'endormit profondément;
et quand, à son réveil, il aperçut par la porte
entre-bâillée Mme Bounat penchée sur son ouvrage,
surveillant à la fois, de sa place, son patient et sa
librairie, toute prête à courir à l'un ou à l'autre au
premier appel; quand, Lucette rentrant de l'école
un moment après, il les vit toutes deux venir à lui
sur la pointe du pied, s'inquiétant s'il était éveillé,
il se sentit aussi doucement rassuré que s'il avait
toujours dormi dans ce petit lit, aussi heureux que
si Mme Bounat avait été sa propre mère et Lucette
sa vraie petite sœur.

Elle avait été si gentille la petite Lucette! En le
voyant là, à moitié mort, dans ce lit qu'elle lui
prêtait de si grand cœur, elle avait d'abord pleuré
et crié aussi fort qu'à la fameuse scène qui avait
commencé leur amitié; puis, sur la promesse du
docteur qu'il serait bientôt rétabli, son chagrin
s'était calmé et elle n'avait plus pensé qu'à distraire
le malade et à l'amuser de son mieux pour l'aider
à se guérir.

Dans les premiers jours cependant, elle dut
ralentir son zèle. Son patient n'était pas du tout en
train de s'amuser; il fallut lui laisser quelques jours
de tranquillité complète, et Lucette commençait à
se décourager quand, un beau soir, en rentrant de
l'école, elle trouva M. Adonis tout guilleret, s'éveil-
lant d'un bon somme, et expédiant une assiette de
potage :

« Ça va joliment bien aujourd'hui, dit-il, retrou-

vant presque le ton et le sourire des anciens jours,
j'ai encore une faim de loup!

— Quel bonheur! s'écria Lucette enchantée.
Voulez-vous les dominos?

— Ce n'est pas très nourrissant, répliqua-t-il,
riant de bon cœur. Enfin! jouons tout de même,
ça distraira peut-être mon estomac.

— Demain, je vous donnerai du poulet, dit
Mme Beunat d'une voix encourageante, la cuisi-
nière de M. le curé m'en a promis pour vous.

— Oh! » firent du même ton les deux enfants.
Puis, l'air entendu :

« Le poulet, c'est bon signe, reprit Lucette, cela
veut dire que vous êtes presque guéri! »

M. Adonis secoua la tête :

« Sans doute, dit-il, mais ma jambe...

— Votre jambe ne peut pas se raccommoder en
un jour, c'est certain, dit vivement Lucette, mais
qu'est-ce qui vous presse? Vous vous ennuyez?

— Oh! non, tout le monde est si bon pour moi!
mais je donne trop de peine à la mère, voilà ce
qui m'ennuie.

— De la peine! s'écria Mme Beunat, mon pauvre
petit! vous m'en donnez aussi peu que possible; je
n'ai jamais soigné un malade si facile et si peu
exigeant que vous l'êtes.

— Et puis voilà les vacances, dit Lucette, j'aurai
toute ma journée à moi pour aider maman et vous
amuser; ainsi vous n'avez pas besoin de guérir
avant la rentrée. »

L'artiste soupira. Deux mois! Est-ce assez pour se rétablir complètement? Sera-t-il capable de faire le soleil au trapèze dans deux mois? C'est que, comme le dit fort bien Lucette, sa jambe n'est pas une jambe ordinaire. Il aura beaucoup à lui demander pour une pauvre convalescente.

« Allons, dit Mme Bounat qui le vit se plonger dans les plus noires réflexions, au lieu de vous plaindre, remerciez le bon Dieu de vous avoir donné à si peu de compte la leçon dont vous aviez besoin. Vous ne serez pas estropié, et vous voilà convaincu par l'expérience qu'un accident peut vous arriver comme aux autres.

— Oui, dit vivement M. Adonis, mais je vous ferai remarquer que mon trapèze n'y est pour rien; tout le monde peut être renversé par une voiture, c'est un accident de bourgeois qui m'est arrivé là! »

C'était la consolation de l'éclopé : il aimait à se dire que l'honneur était sauf, au moins; que ce n'était pas en « manquant son coup » qu'il était venu s'échouer platement sur le matelas.

Mme Bounat ne put s'empêcher de rire :

« Bourgeois ou non, dit-elle, le résultat est le même et me donne encore raison.

— Parfaitement, avoua M. Adonis, résigné à sa défaite, vous...

— Double six! je le pose, » cria tout à coup Lucie.

Elle venait de mêler les dominos sur le carton qui leur servait de table, pour commencer la partie, et M. Adonis, oubliant ce qu'il voulait dire, chercha bien vite dans son jeu un six à placer.

Tout en les regardant jouer, Mme Bounat réfléchissait encore; une heureuse idée lui vint sans doute, car bientôt, hochant la tête d'un air satisfait :

« A quelque chose malheur est bon! murmurat-elle. Je suis sûre qu'il en sera enchanté, et Lucette y gagnera aussi. »

Le lendemain on s'agita beaucoup à la librairie Bounat. C'était la distribution des prix. Lucette, frisée comme un gros chou, avait revêtu la robe blanche et la ceinture bleue des grandes solennités.

Il ne lui manque que le collier de perles fines, pensa M. Adonis, pour être aussi belle que Mlle Palmyre dans sa toilette de concert.

Mais le soir, au retour, Lucette avait mieux que les faux bijoux de Mlle Palmyre; elle revenait le front chargé de couronnes, trois prix et un accessit !

Ses lauriers troublèrent le sommeil de M. Adonis; il fit les rêves les plus exaltés. Sa jambe était guérie, et il exécutait sur son trapèze de telles merveilles qu'on le suppliait de signer un engagement à l'hippodrome de Paris. Il gagnait ce qu'il voulait, des monceaux d'or qu'il employait à se faire instruire. Il prenait des leçons des meilleurs professeurs, et de glorieuses couronnes ceignaient aussi son front, des couronnes si grandes, qu'elles tombaient autour de son cou comme le collier de Mlle Palmyre, plus grandes encore, puisqu'il sautait dedans à pieds joints, comme au cirque, dans sa joie d'entendre décerner le prix d'arithmétique à M. Adonis, premier sujet de la troupe Lagadrillère.

Quand il s'éveilla, il lui fallut un moment pour redescendre de ces hauteurs. Hélas! il n'était même plus premier sujet de la troupe Lagadrillère, il n'était actuellement bon à rien, pas même à marcher sur le plancher des vaches, la canne à la main, comme un simple rentier!

Bon à rien? Ce n'était pas l'avis de Mme Bounat, et elle poursuivait son idée.

Lucette avait raison de dire que le poulet était bon signe, M. Adonis entrait en effet en convalescence; il fut bientôt assez fort pour rester assis toute la journée dans son lit sans fatigue, et deux ou trois fois, au grand bonheur de Lucette, il demanda sa mandoline pour charmer des loisirs qui commençaient à lui peser.

C'est là que l'attendait Mme Bounat :

« Voulez-vous me rendre un service? demanda-t-elle un jour très sérieusement.

— Un service! s'écria M. Adonis, je crois bien que je le voudrais, si je n'étais pas là comme une bûche!

— Si vous n'étiez pas là justement comme une bûche, répéta-t-elle en riant, je ne pourrais pas vous le demander. Il faut que Lucette travaille pendant ses vacances, elle commencera demain; voulez-vous l'aider un peu? »

S'il le voulait!

M. Adonis pensa suffoquer de joie.

Quelle bonne idée! Comment ne lui est-elle pas venue plus tôt à lui-même? Mais c'est pour lui faire plaisir que Mme Bounat présente la chose de cette façon; le service ne sera pas grand, il ne le sait que trop, tandis que lui-même n'a qu'à y gagner. Ah! comme il va profiter de l'aubaine, comme ils vont bien employer leur temps jusqu'à sa guérison!

Mais voilà qu'un remords lui vient tout à coup, car il se surprend à désirer malgré lui que sa convalescence soit longue.

Voudrait-il pas, maintenant, rester à la charge de Mme Bounat?

Non sans doute, puisqu'il se reproche déjà ce souhait involontaire; mais il est si heureux dans ce bon coin où la Providence l'a conduit!

Les baladins peuvent être de très honnêtes gens, c'est convenu; mais tout de même il y a bien des différences entre la vie qu'il a menée jusqu'ici et ce qu'il voit à présent autour de lui. Entre la librairie Bounat et la baraque Lagadrillère la comparaison s'impose, et l'artiste est forcé de s'avouer qu'elle n'est pas à l'avantage de la baraque.

On est aussi pauvre dans l'une que dans l'autre, mais la pauvreté n'y a pas les mêmes allures, et M. Adonis commence à comprendre ce que

Mme Bounat entend par des habitudes régulières.

La pauvreté de Mme Bounat ne se pavoise pas de rubans déteints et de plumes défrisées; et, dans une sorte de mirage, des tableaux variés flottent devant les yeux de M. Adonis. Il admirait jadis de très bonne foi l'élégance de Mme Lagadrillère, son chapeau fané et sa robe de soie et de dentelle dont les trous et les taches disputaient les lambeaux; il était fier, alors, de « la patronne ». Pas une des autres baraques qu'il fréquentait n'avait, disait-il, une caissière aussi cossue et faisant autant d'honneur à la troupe. Et quelle énorme broche à son cou, et que de bagues à tous les doigts! En tout, elle en a au moins pour vingt francs, il en a fait souvent le compte approximatif, tout en agitant la cloche à ses côtés sur la plate-forme du théâtre.

Pour ce qui est des bijoux, d'ailleurs le patron ne le cède en rien à la patronne : M. Lagadrillère a vendu sa montre, c'est vrai; mais, en revanche, une chaîne très brillante s'étale d'une poche à l'autre, sur le devant de son gilet.

Et Mlle Palmyre avec ses perles fines et son corsage de satin, voilà encore une personne qui représente bien, au lever du rideau!

Quant au théâtre, à lui tout seul et par lui-même, aux heures de représentation, c'est un spectacle à voir, avec son luxe de lumières et de décors.

Tout cela est très beau, en effet; ce qui l'est beaucoup moins, par exemple, c'est la troupe en déshabillé du matin et, le rideau baissé, la baraque elle-même et tous ses habitants rendus à la vie privée.

Bien des détails ont échappé jusqu'ici à l'attention de M. Adonis. De tout temps il a connu les misères réelles de cette existence qu'il a menée dès sa première heure, le taudis où les camarades dorment pêle-mêle au milieu d'un affreux désordre d'oripaux malpropres, de vaisselle ébréchée, d'ustensiles de cuisine enfumés et graisseux. De tout temps il a vu, suivant les hasards de la recette, les jours de jeûne succéder aux jours de ripaille, et l'habitude lui a rendu tout cela naturel; il ne lui est même jamais venu à l'esprit qu'on pût vivre autrement, aussi la librairie Bounat est-elle pour lui un nouveau monde. Les découvertes qu'il y fait chaque jour lui donnent fort à penser, et les plumes d'autruche de la patronne n'ont plus à ses yeux le même prestige.

Si Mme Bounat ne lui avait pas dit elle-même qu'elle était pauvre, il ne s'en serait jamais douté, tant cette pauvreté ressemble peu à la misère qu'il a toujours connue, tant elle sait la déguiser sous l'ordre et la bonne tenue de la maison.

Sans doute, Mme Bounat ne porte ni soie ni dentelles; mais, par contre, M. Adonis l'a remarqué non sans étonnement, on ne lui voit jamais ni un trou ni une tache. L'éclairage aussi est moins brillant ici qu'à la baraque, mais la modeste lampe qu'on allume tous les soirs est frottée avec tant de

soin qu'elle ne laisse jamais de trace sur la table,
ni sur les planches où elle est posée.

Quand on a passé par les baraques Lagadrillère
et Cie, la propreté est une jouissance inconnue.
M. Adonis apprend ici à goûter cette jouissance !
Quand il s'éveille dans ce petit lit si blanc, au fond
de cette chambre si bien rangée, quand il voit
Mme Bounat à l'œuvre dans son ménage, il se sent,
après tout, presque fait pour « la vie bourgeoise »
et moins fier déjà de son titre d'artiste.

Chez Mme Bounat, autre différence, les menus
sont toujours simples et peu variés. On n'y fait pas
de ces bombances qu'offre parfois, dans les beaux
jours, la table de Mme Lagadrillère ; mais, si on ne
s'y régale pas, au moins, et c'est une compensation
qui n'est pas à dédaigner, on n'y jeûne jamais, le
budget étant réglé d'avance, et c'est encore un bon
côté de l'existence bourgeoise.

La fin de toutes ces réflexions c'est un gros
soupir. Il faudra pourtant retourner à la baraque
remettre les vieux oripeaux, reprendre la vie nomade dans ce milieu, vraiment oui, M. Adonis en
est là, dans ce milieu qu'il quitte à peine et qui
déjà lui inspire une véritable répugnance.

Il fait si bon vivre ici, c'est comme un rêve :
jamais un mot grossier, un reproche brutal, un
geste menaçant ; jamais de ces scènes violentes
dont il a été si souvent autrefois le témoin...
et même l'acteur, et dans lesquelles la voix de
Mlle Palmyre, aiguë comme un fifre, dominait

toutes les autres. Après les cris de Mlle Palmyre,
la voix de Lucette est aussi douce à l'oreille, dit
M. Adonis, que les sons de sa mandoline. Quant à
Mme Bounat, il n'est pas une duchesse du répertoire
Lagadrillère, les seules que connût M. Adonis,
qu'on puisse lui comparer pour les manières et le
langage.

Ah ! oui, il fait bon vivre dans la librairie Bounat. On se sent meilleur rien qu'à voir les bons
exemples qu'on y voit, avant même de pouvoir les
imiter; rien qu'à entendre les bons conseils qu'on
y entend, avant de pouvoir les mettre en pratique.

Car les bons conseils dont parlait aussi Mme Bounat ne manquent pas ici, et celui qui s'entend le
mieux à en donner, c'est M. le curé. Encore un
vrai ami aussi M. le curé ! Il ne le méprise pas, lui,
parce qu'il est baladin ! Il ne se contente pas, par
simple charité, de lui envoyer du poulet et des
confitures, il vient le voir souvent, cause avec
lui de tout ce qui se passe pour le distraire, et
l'appelle en riant son nouveau paroissien.

Il se doute bien pourtant que ce paroissien-là
ne ferait pas grand honneur à sa paroisse; ils ont
causé ensemble de choses graves et confidentielles,
M. Adonis lui a même montré ses papiers. Il a son
acte de naissance et son acte de baptême, — son
père les lui a laissés quand ils ont dû se séparer, et
il les a toujours conservés précieusement;— mais
il a avoué à M. le curé qu'il n'avait pas fait sa
première communion. Pauvre petit ! Il a été si

négligé ! Mais c'est une raison de plus pour que M. le curé le prenne sous sa protection, et il lui a promis de lui apprendre lui-même son catéchisme dès qu'il serait assez fort pour s'appliquer à quelque chose.

Eh bien ! voilà le moment venu, et M. Adonis attend avec impatience la prochaine visite de son pasteur, pour lui annoncer qu'il est prêt à commencer, et lui raconter les projets de travail qu'il a en tête, en plus de son catéchisme.

Lucette n'apportait pas à ces beaux projets le même entrain que M. Adonis; mais il la pressa tant, il montrait un tel désir de se mettre à l'œuvre, qu'elle consentit, pour lui faire plaisir, à travailler dès le lendemain matin. L'emploi de leurs journées fut bientôt réglé, et de ce moment-là M. Adonis ne se sentit plus sur terre.

C'étaient pourtant de drôles de leçons ! A tour de rôle, chacun était élève ou professeur. L'ardoise en main, pour le calcul, M. Adonis triomphait; sur d'autres points, si peu savante qu'elle fût, Lucette avait l'avantage; quelquefois ils s'embrouillaient tous les deux, alors c'étaient de grandes contestations, et Mme Bounat était forcée d'intervenir pour les mettre d'accord.

Lucette se lassait quelquefois de ce travail acharné; elle prétendait, avec quelque raison, être en droit de jouir un peu de ses vacances; mais M. Adonis était infatigable, il apportait à l'étude une telle ardeur que Mme Bounat était obligée de lui enlever ses livres de force. Alors, comme délassement, il se mit en tête de donner à Lucette des leçons de mandoline et de tambour.

Ce fut un beau tapage dans la petite chambre, les arts d'agrément ont leurs mauvais côtés ; passe

M. le curé vient le voir souvent.

encore pour la mandoline, mais Mme Bounat goûta moins les exercices de tambour. Lucette, de son côté, montra peu de dispositions pour le maniement des baguettes, plus compliqué qu'elle ne l'aurait cru, et se consacra de préférence à l'étude de la mandoline. A la grande surprise de sa mère, qui ne lui soupçonnait pas de telles dispositions pour la musique, et à la vive joie de M. Adonis, elle réussit au delà de toute espérance, et le professeur n'hésita pas à déclarer un jour qu'elle aurait bientôt le même talent que lui ; ce qui, dans sa bouche, n'était pas un mince éloge.

VI

Le temps passait cependant, trop vite même, au
gré des deux enfants. Le docteur ne venait plus
que de loin en loin pour voir où en étaient les
choses; il assurait que d'ici peu on pourrait sortir
la pauvre jambe de la prison où elle languissait
depuis tant de jours.

On touchait à la fin d'août, la foire de Tours
était fermée, et M. Adonis venait de recevoir des
nouvelles de la troupe Lagadrillère ; elles étaient
assez mauvaises. Le succès n'avait pas été aussi
brillant qu'on avait cru pouvoir l'espérer : des
marionnettes célèbres établies dans le voisinage
de la baraque lui avaient fait une terrible concur-
rence. Le plus souvent *Gustave ou le Fils maudit*
avait été joué devant les banquettes, — public peu
impressionnable, — pendant que les pantins d'à
côté faisaient salle comble.

« Voilà où en est l'art en France! » disait avec

découragement M. Lagadrillère, et après lui ses disciples, qui en étaient, eux, au jeûne sévère depuis cette infructueuse campagne.

Actuellement la troupe charmait une petite localité dont les marionnettes n'avaient pas encore corrompu le goût, et où la sympathie de son nouveau public consolait un peu M. Lagadrillère de ses récents déboires.

« Tu n'es pas remplacé, disait le camarade en finissant, et tu nous manques bien ; Palmyre chante faux sans ta mandoline, la patronne brûle ses oignons, et le patron est furieux d'avoir à faire l'annonce lui-même. Reviens dès que tu seras capable de te remuer : tu peux rendre pas mal de services ici en attendant que tu reprennes le trapèze. Ce ne sera pas de trop, du reste, quand tu pourras le reprendre ; les représentations ne battent plus que d'une aile. »

Cette lettre émut profondément M. Adonis, et jeta le plus grand trouble dans ses esprits. On a beau dire contre le métier, critiquer les toilettes de la patronne, la tenue de son ménage et bien d'autres choses encore ; on a beau prendre, en un mot, des idées et des goûts de bourgeois, on ne peut pas comme cela du jour au lendemain renier cette pauvre baraque où tenait toute votre vie, dont on a partagé si longtemps la bonne et la mauvaise fortune, et dont on se sait d'ailleurs le plus bel ornement.

M. Adonis le sent bien. Les yeux fixés vers le

plafond, oubliant ce matin tout le reste, il se retrouve par la pensée au milieu de ses anciens amis, un peu dédaignés dernièrement.

Ainsi les affaires ne vont pas. Ce pauvre patron ! Et la cuisine est mauvaise. Le camarade a l'air un peu las de la soupe à l'oignon. Eh bien ! ça leur fait regretter les bonnes fricassées de leur ancien gâte-sauce. (Et M. Adonis sourit malicieusement.) Mais cette grande sotte de Palmyre ! pas plus musicienne qu'une taupe ! Elle ne sait que répéter comme une perruche les notes qu'on lui souffle. Elle ferait mieux de se taire en attendant son accompagnateur que de gâter si ridiculement l'effet de ses plus jolies romances ; Lucette s'en tirerait mieux, ma parole d'honneur ! Elle serait gentille sur la scène, la petite Lucette, avec sa robe blanche et sa ceinture bleue ; mais c'est Mme Bounat qui n'aimerait pas cela !

Et ce programme sans trapèze ! Ce serait ridicule à dire tout haut, mais on peut bien se le dire tout bas. Voilà le pire ! voilà le vide que rien ne peut combler ! M. Lagadrillère peut varier ses pièces et ses décors tant qu'il voudra, rien ne remplacera le gymnaste, rien n'enlève un public comme le trapèze.

Et tout à coup, au souvenir des anciens succès, le baladin se réveille chez le nouveau bourgeois : Ah ! le soleil ! tenir toute une salle anxieuse, haletante, suspendue à la barre ! Tourner dans les airs à la force des poignets, dominant l'espace, dominant tout! les quinquets, la foule houleuse, les cris, les applaudissements: « Bravo ! bravo ! assez ! » Ah ! c'est beau tout de même d'être artiste !

Aussi M. Lagadrillère voit bien ce qu'il a perdu, et tout le monde le réclame là-bas. C'est flatteur.

(M. Adonis ferme les yeux pour mieux réfléchir.)

Oui, c'est très flatteur; malheureusement il n'est pas du tout en état de répondre à ces avances; le docteur n'a pas encore fixé de jour pour enlever l'appareil. Et que sera sa jambe en sortant de là ? Il lui faudra quelque temps encore pour se remettre d'aplomb, et il ne peut vraiment pas arriver en scène, pour accompagner Palmyre, en se traînant sur deux béquilles; pour un gymnaste, ce serait drôle !

Justement ce jour-là le docteur, qui avait été appelé chez un voisin, entra en passant dans la librairie. M. Adonis lui soumit son cas, mais les infortunes de la troupe Lagadrillère semblèrent impressionner fort peu le docteur, le trapèze volant ne lui paraissant pas indispensable au bonheur de la petite localité en question; il déclara tranquillement que tout le monde attendrait le bon plaisir de la Faculté, laquelle ne rendrait à sa patiente, — la principale intéressée, — sa liberté complète que le jour où elle serait capable d'en profiter sans risques ni périls.

Quand l'abbé Renaud arriva pour l'instruction quotidienne, il fut mis à son tour au courant des choses, et se montra ravi de l'arrêt du docteur,

. Il avait si peu de temps devant lui pour achever
l'œuvre entreprise ! Avec un élève ordinaire, il
aurait même désespéré du succès ; mais son nouveau paroissien était si attentif, il comprenait et
retenait si facilement les leçons et les explications
qui lui étaient prodiguées, il mettait tant de zèle,
tant de bon vouloir à répondre aux soins de son
pasteur, à se préparer à sa première communion,
que M. le curé ne doutait plus dès maintenant
qu'il ne fût digne de la faire avant son départ.

Mais d'ici là ils avaient encore à travailler, et
cette lettre du camarade était comme un avertis-
sement d'avoir à profiter le mieux possible des
derniers jours. Heureusement l'intelligence et la
bonne mémoire du petit baladin, son esprit alerte
et curieux lui rendaient le travail facile et amusant.
M. le curé, qui s'intéressait chaque jour davantage
à son protégé, lui consacrait le plus de temps qu'il
pouvait, et, en dehors du catéchisme, l'aidait
encore dans ses autres études. Il avait bien vite
remarqué ses dispositions pour les chiffres, et lui
répétait souvent qu'avec un peu de pratique et
une meilleure écriture il ferait un excellent comptable. .

Là-dessus Mme Bounat, mise aussi à contribu-
tion, avait dû lui montrer la tenue des livres.

« Ce sera une corde de plus à ton arc, dit un
jour M. le le curé en souriant ; qui sait ce qui peut
arriver ?

— Qui sait ? répéta l'artiste en riant ; je peux

monter en grade, du tambour je peux passer à la caisse. »

L'abbé Renaud se pencha sur lui, et l'air sérieux :

« Eh bien, dit-il, qu'en penserais-tu ? Tiens-tu beaucoup à rester baladin ? ne préférerais-tu pas un autre métier, plus sûr, plus stable et... (M. le curé hésita un instant) et plus considéré ? » conclut-il enfin.

M. Adonis le regardait, et subitement était devenu très grave; mais il ne répondit pas tout de suite.

Ce ne serait plus la baraque et les paillettes, le publique idolâtre acclamant son artiste favori; ce ne serait plus le bruit, l'éclat, la gloriole. Non, ce serait quelque chose de tout différent; ce serait une vie plus sérieuse, plus utile, une vie de travail. Le travail attire l'estime, la considération; c'est ce que veut dire M. le curé, et ce quelque chose-là vaut la peine qu'on le mérite. Les leçons de son guide le lui ont fait comprendre dernièrement; ça vaudrait la peine d'essayer de renoncer. .

Mais bientôt il secoua la tête, et pensant tout haut :

« Non, dit-il, ce n'est pas possible ! Je ne suis pas assez savant, et puis... et puis tout le monde n'est pas charitable comme vous, monsieur le curé. Qui donc voudrait recevoir et employer un baladin dans sa maison ?

— Mon enfant, l'estime s'acquiert. Tu pourrais

débuter dans un tout petit emploi, de ceux qu'on donne pour commencer aux enfants de ton âge; là tu te ferais juger. En te conduisant bien, tu serais sûr de monter en grade, comme tu disais tout à l'heure; tu emploierais tes loisirs à compléter ton instruction, et un beau jour tu t'éveillerais M. Claude Girard, caissier d'une maison importante, aux appointements de six à huit mille francs. »

M. Adonis rougit, ses yeux brillèrent, et il sourit orgueilleusement; mais ce ne fut qu'un éclair.

« C'est trop beau! fit-il aussitôt, le ton découragé; personne ne voudra de moi pour commencer. »

M. le curé ne disait plus rien, il réfléchissait.

« Écoute, dit-il enfin au bout d'un instant, j'ai un neveu dans le commerce, il est à la tête d'un magasin de mercerie à Tours; je lui parlerai de toi, et, s'il a une place à te donner, il te prendra, j'en suis sûr, à ma recommandation. »

M. Adonis se dressa sur son lit, tout pâle maintenant.

« Monsieur le curé, murmura-t-il la voix étouffée, vous feriez cela? me recommander? Vous auriez confiance en moi... dès maintenant! Eh bien!... »

Il dut s'arrêter pour reprendre haleine; mais tout à coup, saisissant la main de son protecteur :

« Eh bien! fit-il avec éclat, rien que pour cela je serai honnête toute ma vie, monsieur le curé!

toute ma vie et n'importe où, baladin ou comptable, je vous le jure ! »

Puis, comme honteux de sa présomption, il baissa la tête.

« Le croyez-vous, monsieur le curé? » demanda-t-il humblement.

Il fut bientôt rassuré. M. le curé s'était levé.

« Dieu reçoive cette promesse, dit-il, je le crois, mon enfant, et j'en suis très heureux.

« Donne-moi ta main, reprit-il, ta main d'honnête homme : je sais que tu garderas ta parole. »

Le jour même M. le curé écrivit à son neveu; il lui parla longuement de son protégé avant de lui expliquer ce qu'il espérait de lui. La réponse ne se fit pas attendre. Le mercier se montrait très disposé à accueillir ce nouvel employé : il n'avait malheureusement pas de place à lui donner en ce moment; mais il trouverait certainement à l'occuper au commencement de l'hiver, et si, disait-il, le jeune homme voulait patienter un peu, la chose s'arrangerait alors, et on débattrait les conditions.

Cette réponse, si favorable qu'elle fût, causa au vieux prêtre une petite déception; il lui tardait tant d'engager son protégé dans la voie qu'il lui ouvrait ! Et puis il craignait que ce délai n'amenât chez le petit baladin un peu de découragement; aussi était-il soucieux en lui apportant cette réponse.

Mais M. Adonis était un esprit pratique; il saisit tout de suite le bon côté de l'affaire.

« C'est à merveille, monsieur 'le curé, dit-il joyeusement, ça ne pouvait pas être mieux. Ça me donne le temps de m'arranger, de prévenir le patron pour qu'il me trouve un successeur, quoique, sans me vanter, on aura de la peine à me remplacer. Ça me donne aussi le temps de perfectionner mon écriture et un tas de choses avant de me présenter, c'est parfait. »

Et lorsque M. le curé lui eut avoué ses craintes d'un moment :

« Oh! reprit-il en riant, il ne fallait pas vous tourmenter de cela, monsieur le curé; ça rend philosophe, allez, de manger de la vache enragée, et depuis que je trime dans le monde, j'en ai fait une certaine consommation. Ce n'est pas fameux pour l'estomac, mais ça vous fait joliment le caractère. Je me suis toujours trouvé heureux, ainsi jugez si je suis content aujourd'hui! Et ce serait un peu fort que je ne le sois pas! Je ne devais pas m'attendre à une chance pareille. Aussi, soyez tranquille, je serai le parfait commis : on sera forcé de me donner tout de suite mes six mille francs! »

Puis, revenant à son affaire, il reprit sérieusement :

« Je vous remercie bien, monsieur le curé; dites, s'il vous plaît, à votre neveu que je suis son homme. »

Lucette, présente à l'entretien, ouvrait de grands yeux. Elle ne comprenait pas toujours le langage trop pittoresque de l'artiste, mais elle voyait bien qu'il était très content; aussi, dès que M. le curé fut parti, demanda-t-elle des explications.

Un moment ses idées s'embrouillèrent un peu, mais ce fut la faute de M. Adonis. Du ton le plus confidentiel, il lui déclara très sérieusement son intention de garder ses paillettes et son maillot d'acrobate pour servir les pratiques, de marcher sur les mains pour venir vers les dames, leur apportant leurs petits paquets sur la semelle de ses chaussures; de faire l'article au son de la mandoline, et d'allumer les becs de gaz tous les soirs, sans escabeau ni rat de cave, dans une série de sauts périlleux.

A la fin, Lucette comprit qu'il se moquait d'elle; mais elle rit de si bon cœur de ses folies, qu'il trouva encore mille façons plus extravagantes les unes que les autres de combiner ses nouvelles fonctions avec son ancien métier.

Mme Bounat ne cacha pas à son pensionnaire sa vive satisfaction de le voir renoncer aux pirouettes pour devenir un homme sérieux, et les trois amis causèrent si longtemps ce soir-là et firent tant de projets pour l'avenir, que Lucette finit par s'endormir sans connaître le dernier : c'était une librairie Bounat agrandie et repeinte du haut en bas. Mme Bounat s'y reposait, jusqu'à la fin de sa vie, dans un fauteuil de velours; Lucette au comptoir, et M. Claude Girard à la caisse, sa fortune faite, et tenant leurs livres en ami.

Mais tandis que M. Claude Girard attendait la

fortune, M. Adonis attendait sa jambe, qui ne lui était pas encore rendue. Cependant il lui fallait l'une pour courir après l'autre, comme il le dit gaiement au docteur en lui faisant part de ses espérances. C'était si évident, que le docteur la lui rendit aussitôt; mais quant à courir, c'était une autre histoire. La pauvre patiente était encore bien faible, il lui fallait pas mal de temps encore pour faire bonne figure à côté de sa voisine.

M. Lagadrillère s'impatientait pourtant. Il écrivit lui-même à son artiste, lui avouant sans détour qu'ayant jusqu'ici cherché en vain à le remplacer, il désirait vivement le revoir. La fête du pays avait lieu prochainement, c'était l'occasion de faire une belle recette. M. Adonis serait-il bientôt en état d'ébahir de nouvelles populations? A défaut d'exercices gymnastiques, il serait chargé de la parade, et il aurait aussi un rôle important dans une grrrande pantomime que la troupe organisait pour cette représentation de gala.

Le futur comptable eut un instant de remords à cette pensée de tout ce que la baraque attendait de lui. Et c'était juste à ce moment qu'il songeait à déserter son poste! Un combat s'élevait en lui. Aurait-il le courage d'annoncer cette résolution à M. Lagadrillère? Lui fausserait-il compagnie, sachant le tort qu'il allait lui causer?

Mais à la réflexion ses scrupules se calmèrent. Sans souci de le laisser sur le pavé, M. Lagadrillère lui avait déjà cherché un remplaçant; s'il avait pu le trouver au lieu de réclamer aujourd'hui son artiste si instamment, il le prierait, au contraire, sans façon de chercher fortune ailleurs. Le procédé ne manquait pas d'être blessant.

« M. le curé n'aurait pas fait ça, » se répétait le petit baladin.

Et cette comparaison, si saugrenue qu'elle pût être, n'en fut pas moins d'un grand poids dans sa décision. Entre l'amitié plus que douteuse de M. Lagadrillère et l'affection si désintéressée que lui témoignait son pasteur, pouvait-il hésiter un instant ? Non, certes, et tant pis pour la baraque !

Il mettrait des formes, d'ailleurs, à sa démission. Il allait prévenir immédiatement le patron qu'il pouvait continuer sa chasse à l'artiste ; il l'aiderait lui-même plus tard à dénicher ce phénix appelé à la difficile mission de remplacer l'étoile de la troupe, et en attendant il ferait encore, et jusqu'au bout, de son mieux pour la renommée de la baraque. Quelques mois encore de sauts et de grimaces, puis... adieu la vaine gloire et les oripeaux, et vive la mercerie ! Sa résolution était maintenant inébranlable.

Il écrivit à M. Lagadrillère de sa nouvelle écriture, — et M. Lagadrillère allait être pas mal étonné de ses progrès, — puis, l'esprit en repos, il donna à Lucette sa leçon de mandoline.

Pauvre petite Lucette, elle allait perdre son professeur, et c'était fâcheux, car elle jouait « vraiment très bien », disait M. Adonis d'un ton encourageant.

« Vois-tu, lui dit-il un jour, quand j'entrerai
dans le commerce, je te donnerai ma mandoline;
je n'en aurait plus besoin, — et quelque chose, un
soupir imperceptible, gonfla son cœur, — et tu
pourras te perfectionner toute seule. »

C'est qu'on commençait à parler tristement de
la séparation à la librairie Bounat.

Le commis voyageur avait été fidèle à ses
engagements; il se chargea en plus de rapatrier
l'artiste, et lui avait remis déjà le montant du petit
voyage qu'il aurait à faire pour rejoindre la troupe,
dont il devait faire partie quelques mois encore.

Bientôt M. Adonis ferma définitivement livres et
cahiers pour ne plus s'occuper que de son catéchisme. Il marchait maintenant, et c'est chez
M. le curé qu'il passa la plus grande partie de ses
dernières journées.

Le moment vint enfin de se dire adieu; mais le
regret de la séparation fut adouci par la pensée
qu'on se reverrait dans quelques mois. Il était
bien convenu, en effet, que M. le curé présenterait
lui-même le jeune commis à son nouveau patron,
et que M. Adonis, — on l'appellerait alors Claude
Girard, — passerait quelques jours à X*** avant
son entrée en fonctions.

Personne ne doutait de son retour. M. Adonis
ne serait ni oublieux ni ingrat. Il avait su prouver
à tous sa reconnaissance rien que dans sa façon
de les remercier, rien qu'aux regrets qu'il montrait
de les quitter. Aussi ses protecteurs le voyaient-ils

sans trop d'inquiétude retourner pour un temps
dans le milieu dont ils essayaient de le tirer. Le
jour de sa première communion, il avait renouvelé
à son pasteur la promesse qu'il lui avait faite déjà
de rester toujours honnête, et le pasteur, plein de
confiance, attendait l'avenir.

Il reviendra, se disait-il avec émotion; c'est une
bonne nature, mon pauvre petit baladin !

VII

« Ding, ding, dong! Ding, ding, ding, dong!
Prenez vos places, prenez vos places! Cinquante
centimes les premières, vingt-cinq centimes les
secondes, quinze centimes seulement les troisièmes! Place aux dames, Messieurs; ne poussez
pas comme ça. Ding, ding, dong! Ding, ding,
dong!... Donnez-moi la main, la grosse mère!
Houp! ça y est!

— Est-il gentil, ce petit baladin! »

Mais le petit baladin est trop occupé pour entendre
même les remerciements de la grosse dame qu'il
vient de hisser sur la plate-forme.

« Ding, ding, dong! Prenez vos places! Par ici
les troisièmes! »

Le plancher gémit sous le poids des spectateurs
qui se pressent en désordre autour de la caisse, et
Mme Lagadrillère ne sait plus à qui entendre. Son
chapeau penche de droite à gauche, suivant le mou-

vement de sa tête, et les plumes d'autruche tournent à tous les vents :

« Merci, Monsieur; par ici les premières ! »

Et les plumes oscillent vers le rideau de droite :

« Voici, Madame; par là, s'il vous plaît. »

Et le panache s'incline à gauche.

C'est une pluie d'or, et les doigts chargés de bagues de Mme Lagadrillère ne suffisent plus à la besogne.

« Monsieur Adonis, crie-t-elle enfin, venez donc m'aider, c'est à perdre la tête ! »

Et les gros sous s'empilent sur les gros sous; une recette monstre !

Enfin tout le monde est casé. Mme Lagadrillère, emportant l'argent, disparaît derrière le rideau, et M. Adonis, resté seul, dépose enfin sa cloche, pour jouir d'un moment de repos avant de paraître à son tour sur la scène.

« Ouf! fit-il, en se laissant tomber sur le siège que vient de quitter la patronne; c'est moins fatigant d'être rentier ! »

Puis, appuyé au dossier de sa chaise, il regarde vaguement devant lui.

« C'est bien ça, murmura-t-il, de l'air d'un voyageur qui reviendrait de très loin, après une longue absence, c'est toujours la même chose; et pourtant ça me fait un drôle d'effet ce soir. »

C'est toujours la même chose, en effet : les mêmes boutiques, la ménagerie, les baraques; toutes les musiques grincent à la fois; les roues de loterie

tournent; les chevaux de bois tournent; avec eux
tourne le sempiternel orgue de barbarie, et l'homme
tournant sa manivelle; la foule tourne enfin en tous
sens, dans un nuage de poussière, autour des boutiques, des baraques et des chevaux de bois.

Depuis qu'il est au monde, le baladin a vécu dans
tout cela, comme l'oiseau vit dans l'air et le poisson
dans l'eau. C'est toujours la même chose; mais, ce
soir, la poussière le suffoque, le bruit le fatigue,
la foule l'étourdit. Un moment il ferme les yeux
et le voilà loin, bien loin de cette foule et de ce
bruit.

Neuf heures! La librairie est fermée et Lucette
dort; mais Mme Bourat travaille encore sans doute,
près de la petite lampe. Ah! ses bonnes soirées
dans l'arrière-boutique! la douce vie qu'il a menée
là-bas! Pauve petite Lucette, qu'elle avait le cœur
gros, ce matin, en lui disant adieu! Ce matin! est-ce
aujourd'hui seulement qu'il a quitté ses amis avec
tant de chagrin? Ce matin! et déjà il a repris son
maillot et ses paillettes; et dans un instant, la
bouche en cœur et l'air épanoui, il accompagnera
les éternelles romances de Palmyre; puis, la joue
enfarinée et le rire aux lèvres, il devra recommencer les anciennes grimaces d'autrefois, et
débiter à ce nouveau public les vieilles plaisan-
teries de son répertoire.

Un tonnerre d'applaudissements éclate à ce
moment dans l'intérieur de la baraque, et M. Adonis se lève avec un geste d'humeur. La pièce est

finie, on vient de baisser le rideau, et c'est le tour de Mlle Palmyre.

Traînant la jambe, — il marche encore avec un sage lenteur, — M. Adonis traverse la plate-forme et disparaît, comme la patronne, derrière un des rideaux.

Palmyre est éblouissante ce soir dans sa robe de tarlatane rouge; mais le camarade avait raison, elle chante horriblement faux, et ce ne sera pas une petite affaire, se dit l'accompagnateur découragé, que de lui remettre tout cela dans l'oreille.

Ah! comme cette petite Lucette est bien mieux organisée pour la musique! Comme elle retenait facilement tous les airs qu'il lui apprenait!

Cependant M. Adonis n'était pas homme à jeter jamais le manche après la cognée. Pour l'honneur du théâtre Lagadrillère, il faut sauver la situation, et il s'escrime si bien de tous les doigts sur son instrument pour couvrir les fautes de Mlle Palmyre, qu'en effet la partie n'est pas perdue; le public applaudit à tout rompre. Mais le public a du goût; c'est à l'accompagnateur que vont les applaudisse-ments et non à la cantatrice.

L'air modeste, il s'efface derrière Mlle Palmyre, mais les bravos le rappellent; on lui demande un solo.

Un solo! L'artiste sent tout à coup son cœur battre d'une joie qu'il croyait ne plus éprouver jamais. Ah! il est toujours M. Adonis, l'enfant gâté, l'idole de son public.

Le teint animé, les yeux brillants, il salue à la
ronde, oubliant sa tristesse et sa fatigue; et le sourire dont il remercie son auditoire n'est plus un
sourire de commande.

Vrai! avec Lucette à la place de Palmyre, et

Les bravos le rappellent.

Mme Bounat comme patronne, ce serait encore
amusant d'être baladin.

Par malheur, Lucette est loin, et Palmyre est là;
Palmyre très humiliée du rôle qu'elle vient de
jouer, furieuse du succès de son camarade et fort
disposée à lui faire payer cher ce succès, pour peu
que l'occasion lui en soit offerte.

Aussi pendant que, dans un rêve ambitieux, l'accompagnateur rédige pour le lendemain un programme dans lequel M. Adonis, « le célèbre musicien, » tient la première place, Mlle Palmyre, possédée de tous les démons verts de la jalousie, a déjà, dans sa première heure d'insomnie, tiré ses plans, comme elle le dit elle-même, pour rabattre le caquet de ce beau mirliflor qui veut toujours être le premier partout.

M. Lagadrillère, lui, s'était montré ravi de ce succès inattendu de son artiste, et lui avait adressé ses félicitations sur cette brillante rentrée; aussi M. Adonis, tout grisé de son triomphe, avait-il envoyé à ses amis un rapport enthousiaste sur cette glorieuse soirée; mais dès le lendemain la médaille montra son revers.

Tout d'abord, Mlle Palmyre ayant fort mal reçu ses conseils et ses critiques à la répétition, il s'échauffa un peu et se laissa aller à lui dire quelques vérités, qui ne firent qu'exaspérer encore la colère de la cantatrice. Une querelle s'ensuivit, une de ces scènes violentes dont le souvenir seul lui était comme un cauchemar, dans la douce paix de la librairie Bounat; le fifre de Palmyre eut la partie belle : M. Adonis, ne daignant plus, à la fin, lui donner la réplique, reçut l'avalanche sans sourciller; il ne chercha même pas à comprendre le sens de certaine menace qui lui fut faite « de lui rabattre le caquet », et n'y pensait déjà plus quand, un soir, un de ses camarades lui dit en confidence :

« Méfie-toi de Palmyre, elle est en train de te
jouer un mauvais tour. Dans ce moment elle est
en très bons termes avec la patronne, et c'est malheureux pour toi! »

M. Adonis remercia le camarade de cette marque
d'intérêt, mais n'attacha pas grande importance à
son avis : que pouvait Palmyre contre l'artiste uni-
versel, l'étoile de la troupe?

Mais la gloire n'est que fumée.

Un beau matin, en présence de Palmyre triom-
phante, l'artiste soleil reçut son congé, comme le
dernier des cabotins. M. Lagadrillère ayant, dit-il,
sous la main un artiste du premier ordre, venait
de l'engager pour remplacer M. Adonis, dont la
retraite était annoncée comme prochaine.

Le patron était dans son droit, M. Adonis ne
pouvait le nier. N'avait-il pas promis d'aider lui-
même à se trouver un successeur?

C'était vrai; mais il ne pensait pas qu'on dût
le chercher sitôt sans l'en prévenir, et surtout
le trouver si vite. Il n'aurait pas cru qu'on pût
volontairement se priver de ses services avant la
date fatale, et le choc fut rude pour son amour-
propre.

Voilà donc le prix de tant de complaisances, de
tant d'efforts ingénieux! C'est donc en vain qu'il
s'est multiplié pour l'honneur du théâtre Lagadrillère, en vain qu'il a, nuit et jour, prodigué ses
talents pour soutenir la renommée de ce grand
nom? O noire ingratitude! O vanité des vanités!

Décidément la profession de baladin offre plus de mauvais quarts d'heure que de bons. En ce moment, M. Adonis fait bon marché de tous ses succès, de son dernier triomphe, — qu'on lui fait payer si cher pourtant, — et plus que jamais il soupire après les vraies douceurs d'une vie obscure et paisible.

Mais en attendant la mercerie de ses rêves, que faire? Où trouver à s'employer pour ces quelques mois qui l'en séparent encore? Retourner à la charge de ses amis? M. Adonis n'y pense même pas. Ils ont fait déjà pour lui plus que leur pauvreté n'en pouvait supporter.

Il faut vivre pourtant, et, qui plus est, vivre honorablement, sans manquer à la parole donnée.

« Allons, se dit le petit philosophe sans murmurer, me voilà remis pour l'hiver au régime de la vache enragée. C'est mal finir, et Mᵐᵉ Bounat ne manquera pas l'occasion de critiquer le métier. Ce serait le cas pour la pauvre cigale d'avoir un magot dans sa tirelire. »

Il fit sur ce sujet de nouvelles et profondes réflexions, jugeant de plus en plus Mᵐᵉ Bounat une maîtresse femme, et la fourmi une petite bête très pratique et pleine de bon sens.

Comme il restait dans un coin, sombre et rêveur, un camarade, — le même qui déjà l'avait averti qu'un mauvais coup se montait contre lui, — vint s'asseoir à ses côtés dans la poussière :

« C'est Palmyre, dit-il d'un ton significatif; je

te le disais bien. Elle vient de s'en vanter. C'est son cousin... »

L'explication, pour être laconique, n'en fut pas moins claire pour M. Adonis; il comprit aussitôt de qui il s'agissait :

« Ah! fit-il vivement, et d'où vient-il?

— C'est le grand Désiré, l'homme-serpent du cirque Novello.

— Et puis? fit d'un air dédaigneux M. Adonis, pensant sans doute que là se bornait la capacité de son rival.

— Il y fait aussi le trapèze.

— Ah! » Et ce : ah! descendait d'un ton.

« Et puis, mon pauvre vieux, il joue du violon comme un diable, la tête en bas, ou en équilibre sur le bout d'une échelle. Il accompagnera Palmyre. »

C'était le coup final. M. Adonis resta muet. Cette fois Palmyre pouvait se flatter de lui avoir positivement « rabattu le caquet ».

« Je l'ai vu un soir à la foire d'Orléans, reprit le camarade; il n'y a pas à dire, il est très fort. Le patron le connaît aussi; il aurait bien voulu l'avoir pendant que tu étais malade, mais l'autre a refusé de quitter Novello. Palmyre, qui voulait te jouer un tour, ne s'est pas découragée; le jour de votre dispute elle lui a écrit pour reprendre l'affaire; ça tombait mal pour toi. Novello va faire une tournée en Italie; ça ennuyait Désiré de s'en aller, et cette fois il a accepté les conditions qu'on lui offrait ici.

Voilà l'histoire! Tu peux remercier Palmyre, c'est elle qui a monté le coup et entortillé les patrons; c'est vilain de sa part, mais tu sais, — et le camarade baissa le ton, — on trouverait bien un moyen de lui rendre la pareille. »

Deux mois plus tôt M. Adonis se serait cru autorisé peut-être à se venger, à rendre le mal pour le mal; mais il venait de passer à meilleure école. Il pensa à ses amis, à leurs préceptes, qui étaient devenus les siens, à leurs leçons, qu'il avait promis de suivre toujours. Ce n'est pas là, il le sentait bien, le conseil qu'ils lui donneraient; il secoua la tête :

« Peut-être, dit-il tranquillement, mais je ne le chercherai pas. Pourquoi veux-tu que j'imite Palmyre, juste au moment où nous lui reprochons d'être jalouse et mauvaise camarade?

— C'est vrai; mais, tout de même, tu es trop bon garçon, vois-tu. Je te l'ai toujours dit, tu seras partout la dupe des autres, et tu n'arriveras jamais à rien. »

M. Adonis se mit à rire; les soucis ne pouvaient l'abattre pour longtemps.

« Tu te trompes, dit-il; c'est par là justement que je compte réussir : c'est encore le meilleur moyen, va!

— Tu crois? fit le camarade; au fait, tu as peut-être raison, on aimera toujours mieux un brave garçon comme toi qu'une mauvaise pièce comme cette Palmyre! »

Il y eut un silence, puis le camarade reprit :

« En attendant, elle est arrivée à ses fins. Mais le patron te donnera le temps de te retourner; il l'a dit. Que vas-tu faire?

— Me retourner le plus vite possible, répliqua M. Adonis, qui reprenait tout son entrain. Quand je trouverais seulement une place de tambour dans un orchestre, je serais sûr, au moins, de ne pas mourir de faim cet hiver.

— Tu trouveras mieux que cela, fit le camarade, l'air choqué.

— Peut-être pas, » répondit l'artiste avec un mouvement d'épaule.

Cette humilité ne lui était pas habituelle; la leçon qu'il venait de recevoir portait-elle déjà ses fruits? Sentait-il s'ébranler sa présomptueuse confiance en lui-même, en ses talents?

Le lendemain, les deux étoiles se trouvaient en présence, au théâtre Lagadrillère. M. Adonis avait l'âme haute; il fut digne, mais non boudeur. L'homme-serpent était cause de sa chute, c'est vrai, mais bien involontairement. Il n'avait été, — M. Adonis le fit comprendre aux camarades, assez mal disposés d'abord envers le nouveau venu, — qu'un instrument irresponsable dans la main criminelle de Palmyre; ils étaient rivaux, mais non ennemis. Noblement il donna le signal des applaudissements, quand l'artiste montra son savoir-faire comme gymnaste et comme musicien, et même, avec la plus grande délicatesse, lui fit sentir qu'il se jugeait dignement remplacé.

L'homme-serpent n'était pas un méchant garçon ;
il fut si touché de toutes ces politesses que, sur
l'heure, s'informant avec intérêt des intentions de
M. Adonis, il lui donna pour son ancien directeur
une lettre de recommandation.

Cette lettre, M. Adonis résolut de la porter lui-
même à son adresse.

Si philosophe qu'on soit, on a sa fierté comme
n'importe!

En propres termes et le front haut, il le déclara,
sans plus tarder, à M. Lagadrillère.

« Après l'affront que vous m'avez fait, ajouta-t-il,
je ne mangerai pas une miette de votre pain sans
la gagner ; mon remplaçant est là, c'est bon. Je
fais mon paquet. Je n'ai pas de temps à perdre,
d'ailleurs, si je ne veux pas me laisser distancer
par quelque autre chez Novello. »

Le patron, assez mal à l'aise vis-à-vis de son
artiste, n'essaya que faiblement de le retenir ; tout
en le traitant de tête chaude, il lui régla son compte,
comme il le demandait, et le soir même, le cœur
gros malgré tout, mais la mine assurée, l'étoile
déchue prenait le train, suivie jusqu'au bout par
la sympathie aussi bruyante que sincère de toute
la troupe des camarades, Palmyre exceptée.

Pressé sur sa banquette de troisième classe, entre
une grosse dame et un vieux monsieur, le voyageur
dormit peu d'abord.

L'assurance que lui avait donnée l'homme-serpent « qu'il serait juste l'affaire de Novello », lui

adoucissait un peu l'amertume de ce revers immé-
rité; mais il n'en jugeait pas moins sévèrement la
conduite de Palmyre et le procédé du patron. Mais
quoi? les plus grands génies ne sont-ils pas partout
les plus méconnus? Et était-il le premier artiste
qui eût succombé sous les efforts jaloux de la
cabale?

N'importe, s'il est engagé au cirque Novello,
Palmyre sera bien attrapée. En route pour l'Italie,
pour de nouveaux exploits, pour la gloire encore
et la renommée!

L'Italie verra!

Mais, tout compte fait, non. Bonsoir à la renommée!... Assez d'incertitude et d'hésitation! On ne
l'y reprendra pas à chanter la gloire; le coup de
Palmyre, en lui prouvant ce qu'elle valait, vient de
fixer sa destinée. Cette fois, son enthousiasme est
éteint pour de bon; il en a définitivement assez
du métier, des Palmyre et des Lagadrillère!

VIII

« Mon cher monsieur le curé, ma chère madame Bounat, ma chère petite Lucette. »

M. le curé était en tête, et c'est son nom aussi que portait l'adresse, mais il ne pouvait y avoir de jaloux. L'intention de M. Adonis était plus qu'évidente; cette lettre, écrite pour tous, devait être lue en commun.

En commun donc on s'ébahit des nouvelles qu'elle apportait.

Le sort a d'étranges caprices. C'est ainsi que M. Adonis, parti si résolument pour l'Italie, venait de débarquer en Angleterre, après une excellente traversée, grâce à un tour pendable que lui avait joué cette chipie de Palmyre.

Voilà du moins ce qu'ils pouvaient tirer du commencement, un peu confus, de cette longue lettre.

Les tragédies du répertoire Lagadrutère n'avaient pas été sans influence sur le style de M. Adonis; quand le sujet le comportait, ce style, assez familier d'ordinaire, s'élevait très haut, et la clarté alors n'était plus son premier mérite. Avec force grands mots, apostrophes, parenthèses, le tour pendable de Palmyre fut conté tout au long, d'une plume véhémente, avec ses tristes conséquences et résultats, c'est-à-dire son brusque départ et sa démarche auprès de Novello.

« Comme s'il n'était pas déjà suffisamment dégoûté d'une carrière si fertile en misères et en déceptions, Novello l'avait reçu, disait-il en style plus négligé maintenant, comme un chien dans un jeu de quilles, et cela pour deux raisons : la première, c'est qu'il était ivre ; la seconde, qu'il n'avait plus besoin de personne, ayant trouvé un homme-serpent qui, sans valoir peut-être le grand Désiré, était suffisamment élastique encore pour tenir avec honneur sa place sur le tapis.

« Me voilà donc, continuait le pauvre M. Adonis, sans autre asile que mon tambour, sur lequel je m'étais assis, et sans autres provisions qu'un petit pain d'un sou que j'avais acheté par précaution en passant devant un boulanger. Voyez-vous, monsieur le curé, j'ai pensé à vos ailes de poulet, et à votre bouillon, madame Bounat! Mais ça, c'était le temps des sept vaches grasses, — vous voyez que je sais encore mon histoire sainte, — et nous en sommes

aux sept vaches maigres, la vache enragée de
l'époque, probablement.

« Je m'ennuyais bien sur mon tambour, et pourtant je ne peux pas dire que je regrettais Novello ;
j'en avais vu assez pour me rendre compte de la
baraque. Vous me direz qu'un baladin en vaut un
autre et qu'il ne faut pas être fier ; mais, tout de
même, ça n'est pas mon genre ; nous avions plus
de tenue que cela au théâtre Lagadrillère. Ce n'est
pas que mon patron actuel soit la fleur des pois,
mais que voulez-vous ? A force de faire la petite
bouche, je serais peut-être, à l'heure qu'il est,
mort de faim sur mon tambour ! Ne m'engageant
que pour quelques mois, je ne pouvais pas me
montrer difficile. J'ai donc pris ce que j'ai trouvé.
C'est comme qui dirait une place de clown à tout
faire, au cirque Rover, un cirque anglais de troisième catégorie qui finissait sa tournée en France.
Je remplis différents numéros, comme chez Lagadrillère, et le patron est très content, surtout de ma
mandoline. Je chante mes chansons françaises aux
English ; ils n'y voient goutte, mais ils aiment ça,
nonobstant. Le métier, du reste, est le même qu'en
France, excepté qu'après le saut périlleux, au lieu
de saluer, je crie : *All right !* Mais ça n'est pas
plus difficile, et ça m'apprend l'anglais.

« Ma jambe va tout à fait bien, je ferai du trapèze
quand on voudra ; je l'ai déjà proposé au patron.
On leur fera voir ce que c'est qu'un soleil français.

« Ma chère madame Bounat, je vous promets de me faire un bon magot pour rentrer en France, il me tarde d'auner du ruban.

« Mon cher monsieur le curé, je vous promets d'être bien sage, comme c'est convenu.

« Ma chère petite Lucette, la chanson qui a le plus de succès ici, c'est celle de la poupée, que tu sais si bien :

> Allons, tenez-vous droite,
> Et les pieds en dehors.

« On me l'a bissée l'autre soir, mais tu rirais bien si tu me voyais ; je me déguise en petite fille pour la chanter, ça me rappelle cette affreuse Palmyre.

« Voilà mon histoire. Ça m'ennuie bien d'être si loin de vous, mais la mer était belle, je n'ai pas été malade ; j'espère qu'il en sera de même au retour.

« Jusqu'à la fin du mois vous pouvez m'écrire à l'adresse que je vous donne ; après, je ne serai pas facile à trouver, nous allons courir de tous les côtés ; mais je vous donnerai de mes nouvelles. »

« Pauvre petit ! » L'abbé Renaud et Mme Bounat eurent en même temps la même exclamation après la lecture de cette lettre.

« Il ne se plaint pas, parce qu'il a du courage,

reprit ensuite Mme Bounat; mais il est malheureux, je le vois bien.

— Je le crois, dit à son tour l'abbé Renaud, et je serais presque tenté de dire : tant mieux ! si cela pouvait le dégoûter à jamais de son métier, de cette vie qui, malgré tout, paraissait lui plaire encore par certains côtés. Malheureusement, je le vois aussi très mal entouré ; c'est fâcheux qu'il n'ait pu rester jusqu'au bout avec ce Lagadrillère. Pourvu qu'il nous revienne au moins, et tel qu'il est parti ! J'ai hâte de le tirer de là.

— Et je crois qu'il a hâte aussi d'en sortir, dit Mme Bounat. Il a l'oreille basse, votre artiste ! Soyez sûr, monsieur le curé, qu'après toutes ses aventures il va vous revenir bien guéri de ses idées extravagantes qui vous inquiétaient quelquefois, et bien heureux d'en finir pour tout de bon avec la misère.

— Dieu le veuille ! » murmura M. le curé, encore soucieux.

Et, voyant des larmes dans les yeux de Lucette :

« Heureusement, reprit-il d'un ton plus gai, quelques mois passent vite ; ce n'est pas au moment de toucher le but qu'il faut se décourager. »

Le jour même l'abbé Renaud écrivit à son protégé une longue lettre pleine de bons conseils, de consolations et d'encouragements ; une lettre si pleine d'intérêt, de réelle affection, qu'en la lisant le pauvre exilé eut toutes les peines du monde à ne pas pleurer devant ses nouveaux camarades attablés autour de lui.

Il la garda comme un talisman pour la relire lans les mauvais jours, et ce devait être souvent, les beaux jours se faisant rares.

Mais le temps passait vite encore malgré tout, et le moment viendrait de rentrer en France, de revoir ses amis. Dans la joie de cette pensée M. Adonis oubliait tout le reste : le « mauvais genre » des camarades dont il s'était plaint tout d'abord, la brutalité du patron, tout, même l'amertume de sa déchéance, vivement ressentie au début, même l'humiliation de voir son nom glorieux s'étaler sur l'affiche d'un cirque de troisième catégorie !

Qu'importait, en effet, tout cela ? N'en avait-il pas fini avec la vie d'artiste ? Il allait faire peau neuve, et qui donc se souviendrait de M. Adonis ? Claude Girard lui-même l'oublierait bientôt.

M. Claude Girard comptable ! Ah ! l'amour-propre n'y perdrait rien. Comptable, c'est un titre !

Il ne le serait pas tout de suite, malheureusement ; mais tout vient à point à qui sait attendre, c'est-à-dire à qui sait se préparer, et M. Claude Girard n'attendait pas les bras croisés.

On ne le voyait guère, au trapèze excepté et pendant les représentations, sans ses livres et ses paperasses, sans son arithmétique surtout, « souvenir de M. le curé. » C'était écrit sur la couverture, un gros volume bourré de problèmes dont on trouvait les réponses à la dernière page. Il les cherchait tous, consciencieusement, comme on creuse un rébus; c'était un jeu comme un autre, et quelle joie quand la réponse était juste!

D'ailleurs, comme il l'écrivait à ses amis, que serait-il devenu sans ses livres, isolé comme il l'était au milieu de ces étrangers, et comprenant à peine le charabia moitié anglais, moitié français, qu'ils employaient avec lui? Sans compter que la saison devenait vilaine, et qu'il était transi jusqu'au cœur, disait-il, dès qu'il mettait le nez dehors, dans le brouillard *english*.

Mais il touchait au bout de ses peines, un peu de patience encore; ne comptait-il pas par semaines maintenant?

Par semaines, pauvre petit! Pendant qu'il espérait ici de toutes ses forces, là-bas une heure, une minute avait suffi pour tout changer, pour tout bouleverser.

Il avait pu donner d'avance à l'abbé Renaud son adresse, poste restante, dans une petite ville où le cirque Rover devait s'arrêter. Son premier soin, en y arrivant, fut de courir chercher la lettre espérée; il en trouva une en effet, mais non pas de l'abbé Renaud: c'était Mme Bounat qui lui écrivait. Tout joyeux, il emporta sa lettre pour la lire à l'aise dans un bon coin; mais, dès les premières lignes, le pauvre petit se mit à trembler; il s'arrêta, relut encore comme s'il avait peine à comprendre, puis brusquement il se jeta à terre et, la tête appuyée sur ses bras, il éclata en sanglots.

Mort! son protecteur, son meilleur ami! Mort! ce n'est pas possible, c'est trop affreux! Il le voit encore tel qu'il l'a vu le jour de son départ; il entend encore sa voix, cette voix si douce pour « son pauvre petit baladin ». Et tout serait fini? Il ne le verrait plus, il ne l'entendrait plus? c'est impossible, ce n'est pas vrai!

Il pleura longtemps, sans souci du jour qui baissait, de l'heure qui le rappelait au campement; puis, se relevant enfin, avec un gros soupir, il ouvrit une dernière fois cette lettre cruelle, qu'il ne put relire sans pleurer encore.

« Il est mort subitement en rentrant de l'église, disait Mme Bounat, et rien ne faisait prévoir ce malheur; il était, la veille encore, si robuste malgré son grand âge! C'est une grande perte pour nous tous, pour vous, mon pauvre enfant, plus que pour tout autre; mais vous n'oublierez pas la promesse que vous lui avez faite; il comptait sur vous, vous ne voudrez pas tromper sa confiance, n'est-ce pas? et vous garderez au pauvre mort la parole donnée. »

Le petit baladin s'arrêta là. Il baissa la tête un moment et ses lèvres tremblèrent comme s'il parlait en lui-même; puis, séchant ses yeux, il se remit lentement en route.

Tout était plein de tristesse dans cette triste lettre. Mme Bounat y parlait peu d'elle-même, mais le peu qu'elle disait la montrait soucieuse et inquiète de l'avenir.

« Nous restons vos amies, Lucette et moi, disait-elle en finissant, quoique, moins que jamais, hélas ! je puisse vous être d'un grand secours. »

Au premier moment, dans son trouble et son chagrin, il avait à peine compris ; mais il pensait à elles maintenant, et ces derniers mots l'effrayaient. Ainsi, elles étaient malheureuses, elles aussi, plus qu'autrefois ! Et il se rappela alors que, le jour où elle avait refusé de l'associer à son commerce, elle avait parlé d'un concurrent qui lui faisait beaucoup de tort. Est-ce cela encore, qu'elle voulait dire ? Qui pourrait l'aider, maintenant que « lui » n'était plus là, leur ami, leur conseiller à tous et leur soutien ? Lui-même ne pouvait rien, actuellement, pour elles ; il était si peu payé chez M. Rover ! Et après, que ferait-il ? Tout était fini pour lui. Il n'oserait jamais se présenter seul chez le mercier, la place serait donnée à un autre, et il resterait toute sa vie, maintenant, un misérable clown dans une misérable baraque.

Ses larmes coulèrent de nouveau, mais il les sécha tout à coup. Non ! ce n'est pas cela qu'il a promis, il peut faire mieux. Il restera chez M. Rover le temps convenu, puis il rentrera en France, c'est la première chose à faire. Il ira les voir d'abord, comme c'était arrangé, et après il agira, il cherchera.

Les voir ! il était si heureux à cette idée, et main-

tenant quel vide, quel regret ! « Lui » n'y sera plus !
Et qui donc voudrait, comme lui, l'aider, le gui-
der? Que deviendra-t-il sans lui, son pauvre petit
baladin ?

« Quelques mois passent vite, » avait dit un jour
le pauvre abbé Renaud. Ils semblaient lourds,
pourtant, à son protégé. Au chagrin que lui avait
apportée la lettre de Mme Bounat, d'autres chagrins
avaient bientôt succédé.

A l'expiration de son engagement chez Rover,
il s'informa indirectement, par l'intermédiaire de
Mme Bounat, si le mercier de Tours lui avait gardé
sa place: il n'en avait que peu d'espoir d'ailleurs,
et cet espoir fut déçu. Le mercier, n'entendant
plus parler de lui, avait donné son emploi à un
jeune homme qui lui était très recommandé aussi
par un autre de ses parents. Force était donc
à M. Adonis de prolonger son engagement chez
Rover, et de rester M. Adonis jusqu'à nouvel
ordre, ce qu'il expliqua tristement à Mme Bounat,
en lui demandant conseil pour l'avenir.

Ce conseil, il l'attendit vainement. Deux mois,
trois mois se passèrent sans qu'une réponse lui
parvînt. Mme Bounat lui en voulait-elle? C'était
bien malgré lui, pourtant, qu'il restait baladin.
Elle ne le croyait pas, sans doute, et ne voulait
plus entendre parler de lui, ce n'était que trop
évident.

Plusieurs fois pourtant il fut tenté de lui écrire
encore, d'essayer une dernière démarche auprès

d'elle, auprès de sa Lucette. C'était si dur de les perdre, elles aussi ! Puis il y renonça, à quoi bon ? Et que leur dire, après tout ? n'était-ce pas toujours la même chose, et pouvait-il maintenant rien changer à sa vie ?

IX

« *All right !* Et pas fâché, messieurs les *English,*
de vous tirer ma révérence et de rentrer chez
moi. »

Chez lui ! Son fidèle tambour et sa mandoline
sur l'épaule et un paquet sous le bras, M. Adonis
débarquait à Calais, et, sans plus de bagages et
plus de façons, prenait possession du sol.

Chez lui ! A la belle étoile il y a place pour tous
en effet, et la France est aux Français.

Vive la France ! et vive aussi l'homme-serpent,
qui a une place dans sa troupe pour l'artiste-
soleil !

Ils ont renoué connaissance le plus simplement
du monde, par l'entremise d'un collègue rencontré
sur un champ de foire, et ami particulier du grand
Désiré, dit l'homme-serpent.

Le collègue donna à M. Adonis les renseignements les plus précieux sur les faits et gestes de son ami : comme quoi il venait de quitter M. Lagadrillère, qui depuis quelque temps le payait fort mal ; — ça ne marchait pas, paraît-il, chez l'ancien patron ; — comme quoi il avait acheté à bon compte le matériel d'un pauvre diable qui faisait de mauvaises affaires ; et comme quoi enfin il prétendait remettre la baraque sur un plus grand pied, grâce au concours d'artistes de premier choix.

A ces derniers mots, M. Adonis avait jeté un cri :

« J'y vais ! donnez-moi son adresse. »

Et il débarquait aujourd'hui, la bourse à peu près vide, mais l'air vainqueur, et il se présentait peu après à la baraque du grand Désiré, « maigre comme un clown, » dit-il en riant à son nouveau patron, mais n'en sautant que mieux, comme il le lui ferait voir, et si fier et si content, que Lagadrillère lui-même n'était pas son cousin.

« Après dix-huit mois d'exil, c'est bon, dit-il, d'entendre parler français, de revoir des figures françaises, de retrouver partout d'anciens camarades. »

N'avait-il donc au fond du cœur aucun regret ? Avait-il oublié ses amis d'autrefois, les plus sûrs et les meilleurs ? celle qui l'avait recueilli dans sa détresse pour le soigner comme une mère, cette petite sœur d'un moment qui pleurait si fort en lui disant adieu, et celui qui avait tant pleuré lui-même? N'avait-il plus une pensée pour eux dans cette joie du retour?

Le printemps s'avançait. La nouvelle troupe courait de ville en ville et de succès en succès; elle était à Orléans, théâtre des premiers exploits de l'homme-serpent, quand l'un des artistes insinua que, s'il était le patron, il pousserait bien jusqu'à Tours, qui a une foire en mai aussi bien qu'en août.

A Tours! M. Adonis crut suffoquer. Ah! le rêve, le beau projet d'autrefois, les débuts dans le commerce, les premiers grades en attendant le bâton de maréchal : M. Claude Girard comptable! Les camarades riraient bien s'ils pouvaient deviner tout ce que ce nom évoquait en lui. Lui-même il aurait presque envie d'en rire, s'il n'était pas si près d'en pleurer.

« A Tours? dit le patron négligemment, pourquoi pas? »

La vie nomade a cela de bon, que là où l'on s'est trouvé bien on peut espérer revenir, et ce n'était pas sans une grande émotion que M. Adonis avait vu le patron diriger sa troupe vers cette partie de la France. Il ne comptait pas retourner à H*** même, — l'homme-serpent dédaignait les petites villes, — mais à Tours il en serait tout près; en demandant un jour de congé, avant ou après la foire, il lui serait facile d'aller jusque-là, de chercher, de trouver... quoi? Qu'espérait-il encore? Il n'osait trop se le dire.

Irait-il, après si long temps, frapper tout droit à la librairie Bounat, sans savoir l'accueil qui lui serait fait?

Non, sans doute; mais il pourrait les voir peut-être sans être reconnu, regarder de loin la maison. Il irait aussi revoir l'église, — il y a longtemps qu'il n'est entré dans une église. — Et puis il ira au cimetière chercher la pauvre tombe. C'est son droit, et là, tout baladin qu'il est, personne n'a rien à lui dire. Il « lui » demandera pardon de n'avoir pas mieux suivi ses conseils; mais, bien sûr, il comprendrait, lui, que tout seul, sans aide et abandonné de tout le monde, il ne pouvait plus rien faire de bien; qu'il avait essayé d'abord, qu'il essayerait encore s'il pouvait, s'il savait...

Brusquement il mit les deux poings sur ses yeux; allait-il pleurer devant tous les autres?

Un camarade qui le regardait curieusement éclata de rire tout à coup.

« Quelle tête tu fais! s'écria-t-il. Ça gêne Monsieur d'aller à Tours? »

M. Adonis fit de son mieux pour rire aussi.

« Au contraire, dit-il vivement, — mais sa voix tremblait malgré lui, — ça m'arrange tout à fait.

— Ça tombe bien, fit le patron en tirant une bouffée de sa pipe, nous y serons dans huit jours. »

Ces derniers huit jours parurent à M. Adonis presque aussi longs que ses dix-huit mois d'exil. Et pourtant qu'avait-il à attendre de cette visite si impatiemment désirée? De nouveaux regrets peut-être, et la fin de cet espoir qu'il gardait encore malgré lui tout au fond de son cœur!...

Tout était prêt, la baraque montée, et la foire n'ouvrait que le lendemain. Aujourd'hui M. Adonis était rentier; il avait demandé son congé, « pour aller revoir un petit pays qu'il connaissait dans les environs, » et, les mains dans les poches, comme un simple particulier, l'air crâne, à cause du camarade qui l'escortait aimablement jusqu'à la gare, il descendait à grands pas la rue Royale.

« A ce soir! » cria le camarade quand le train s'ébranla.

M. Adonis répondit seulement d'un signe de tête; il n'était plus si crâne, et son cœur commençait à battre très fort. . . . .

« LIBRAIRIE BOUNAT. » L'enseigne est toujours la même, au-dessus de la petite porte; mais... comment?... que signifie?... Et un nuage passe devant les yeux du voyageur.

Dans les vitrines, à la place des livres et des bouteilles d'encre, s'étalent toutes sortes d'objets dont le baladin connaît à peine l'usage et le nom. D'un côté, un fouillis de dentelles et de lingerie, des rubans, des chapeaux, etc.; de l'autre, des brosses, des nécessaires de toilette, des sacs de voyage.

Dans son saisissement, il oublie toute prudence, et violemment, sans bien savoir ce qu'il fait, il ouvre la porte et se précipite dans la boutique.

Une étrangère est là, à la caisse où la petite Lucette faisait ses additions.

Cette brusque entrée ressemble tellement à une agression, que la pauvre marchande se dresse, effarée, prête à appeler au secours; mais déjà la voilà calmée, l'agresseur murmure un : « Pardon, Madame, » qui annonce de meilleures dispositions qu'elle ne lui en avait prêté d'abord. Elle le regarde encore, étonnée cependant, car, sans rien demander, il cherche anxieusement autour de lui; la porte de l'arrière-boutique est ouverte, il va jusque-là : l'arrière-boutique, encombrée comme les vitrines, est méconnaissable aussi.

Il recule, et, secouant la tête :

« Pardon, Madame, répète-t-il la gorge serrée, Mᵐᵉ Bounat?... Pouvez-vous me dire?... »

La marchande reste un certain temps sans répondre, interdite devant cette figure décomposée; puis semblant comprendre :

« Ah! fait-elle tout à coup, l'ancienne libraire? Je ne peux pas vous dire, mon garçon, je suis ici depuis trois jours seulement, je n'y connais personne.

— Mais, reprend M. Adonis, ce magasin?...

— Oh! il est libre depuis longtemps, à ce qu'il paraît; on le loue en passant pour les déballages. Je ne peux pas vous renseigner. »

Et la marchande est tellement pressée de voir sortir cet intrus, dont les façons sont si étranges,

qu'elle quitte son comptoir et, tout en parlant, va
lui ouvrir la porte.

M. Adonis, si susceptible d'ordinaire, ne s'aper-
çoit pas qu'on le pousse presque dehors. Il s'éloigne,

Ah ! le triste pèlerinage que cette visite !

consterné, avec un nouveau : « Pardon, Madame,»
que la marchande n'écoute même pas.

Cette fois c'est bien fini : il faut perdre tout
espoir de les revoir jamais. Ses affaires allaient
trop mal sans doute, elle aura été forcée de
renoncer à son commerce. Mais que sont-elles
devenues?

« C'est au docteur que je le demanderai, murmura-t-il, il saura peut-être me le dire; mais pas tout de suite... Je ne peux pas! »

Et, fuyant la ville, il prit un petit sentier qui menait au cimetière.

Ah! le triste pèlerinage que cette visite si chèrement rêvée autrefois!

Le pauvre petit avait les yeux très rouges quand il quitta le cimetière; mais il y était resté si longtemps, qu'il n'avait plus le loisir de retarder sa visite au docteur : il fallait songer au départ.

Le docteur, prêt à sortir et évidemment pressé, n'en fit· pas moins le plus chaud accueil à son ancien client; il l'engagea même à l'attendre chez lui et à partager ensuite son dîner. Mais M. Adonis, quoique visiblement flatté de l'invitation, dut la décliner, le·patron l'attendant le soir même.

En quelques mots, et sans grands détails, il répondit aux questions amicales du docteur sur ses affaires personnelles; puis bientôt, le ton inquiet, il l'interrogea à son tour.

« Mme Bounat? dit le docteur, non, je ne puis te donner son adresse, je l'ai perdue de vue depuis quelques mois. La pauvre femme a été très malheureuse; ses affaires allant de mal en pis, elle a tout liquidé; puis, se voyant sans ressources et ne pouvant se procurer de l'ouvrage ici, elle en a cherché à Tours, où des parents, je crois, lui ont trouvé un petit emploi. »

C'étaient certes de mauvaises nouvelles. Pourtant M. Adonis, qui avait l'espoir tenace, se sentait le cœur plus léger en quittant le docteur.

Tours n'est pas si grand que Londres, se disait-il, courant presque de peur de manquer son train, je les retrouverai.

Le lendemain, il y eut une représentation dans l'après-midi, et M. Adonis passa sa journée presque entière sur le trapèze; c'est dire qu'il ne lui fut guère possible de commencer ses recherches; mais il n'en conservait pas moins toute sa liberté d'esprit, et, toujours tournant, il pensait aux affaires sérieuses. Il fouillerait la ville en tous sens, c'est encore le meilleur moyen de rencontrer les gens, pour peu que la chance s'en mêle; les quartiers pauvres principalement, les jardins, les squares. Les squares? justement il y en a deux tout près du champ de foire. Aux temps de repos, entre les numéros de son programme et entre les représentations, il y montera la garde. Voilà une fameuse idée! A peine son dernier baiser envoyé dans l'espace, à peine son pied posé sur le sol, il part en courant et va se poster à la petite porte de fer d'un des jardins. Mais le square était désert, les badauds se pressaient aux baraques nouvellement ouvertes. Il avait une minute pour courir à l'autre; il y courut. Personne.

Il revint très désappointé, mais se gourmandant en route de son peu de raison :

« Voyons, grommela-t-il, ce serait aussi par trop de chance! N'importe, j'y reviendrai ce soir avant la deuxième séance. »

Il y revint le soir, puis le lendemain, puis le surlendemain : du haut de la plate-forme son regard perçant sondait la foule; il courut la ville aussi. Toutes les heures de liberté y passèrent. (Ah ! il n'était guère question en ce moment de la grosse arithmétique !) Mais toujours rien.

Aussi prenait-il un air de plus en plus mélancolique en montant la garde devant la petite porte, quand un beau soir... Oh ! ce soir-là il crut devenir fou.

Triste et morne sous ses paillettes, il venait d'entrer dans un des squares, où plusieurs badauds, exténués de plaisirs, reprenaient un peu de forces, et il se mettait lui-même en quête d'une place sur un banc, quand il aperçut à deux pas, sur le banc même qu'il convoitait, certaines silhouettes.

Il s'arrêta net, comme sous un choc. Non, jamais saut périlleux, jamais soleil vertigineux n'avaient fait tourner sa tête, battre son cœur, tinter ses oreilles à ce point. Il bondit en avant, tandis qu'une petite voix criait tout à coup :

« Maman, c'est lui!... »

De mémoire de badaud, jamais clown n'avait donné un spectacle si extravagant.

A ce cri, M. Adonis avait littéralement plongé, tête première, aux pieds de la plus grande silhouette, une pauvre ombre, celle-ci, pâle et maigre, avec des yeux battus et l'air épuisé; et il pleurait de la voir si changée, et il riait de la retrouver, et en cinq minutes, toujours riant et pleurant, il raconta ses dix-huit mois d'aventures, et obtint tous les éclaircissements voulus sur ce qu'il appelait leur brouille.

Tout le mal venait d'une lettre perdue, une lettre dans laquelle Mme Bounat lui envoyait non seulement un conseil, mais l'offre d'un petit emploi qu'elle lui avait trouvé. Elle avait attendu sa réponse avec une anxiété toujours croissante, mais la réponse n'était jamais venue, et pour cause.

M. Adonis trouva le temps encore de se lamenter sur la perte d'une lettre aussi importante, et d'entamer un procès contre les facteurs français et anglais. Mais, le mal étant fait et irréparable, mieux valait, après tout, n'y plus penser.

A tout hasard Mme Bounat lui avait écrit une seconde fois à la même adresse; mais il n'y était plus, et il menait, à cette époque surtout, une vie si errante, qu'il fallait renoncer à le retrouver.

Finalement, M. Adonis fut grondé d'avoir douté de ses amies.

« Oh! dit-il, moitié confus, moitié souriant, vous aurez bien d'autres reproches à me faire, mais pas ce soir, plus tard..., quand nous pourrons causer plus longtemps. D'ailleurs, c'est fini; vous voilà, je suis sauvé encore une fois. »

M. Adonis allait être rappelé à la baraque. En quelques mots Mme Bounat lui raconta à son tour la triste histoire dont le docteur n'avait pu lui dire que le commencement. Elle avait perdu son emploi, étant tombée malade peu de mois après son arrivée à Tours, et avait dû entrer à l'hôpital.

« A l'hôpital, vous! s'écria M. Adonis avec horreur. Et Lucette?

— Une cousine a bien voulu la garder chez elle jusqu'à ce que je sois rétablie, répondit tristement Mme Bounat; nous sommes encore à sa charge; je ne suis sortie de l'hôpital que depuis deux jours, et je suis si faible!... Ah! mon pauvre petit, nous sommes bien malheureuses. »

M. Adonis se redressa.

« C'est fini! dit-il, comme il venait de le dire pour lui-même; ne vous tourmentez plus. Ne pleure pas, Lucette, je te dis que c'est fini. Donnez-moi votre adresse, j'irai vous voir demain matin, et nous arrangerons tout cela. »

M. Adonis eût été un homme influent, il eût eu une fortune à mettre aux pieds de Mme Bounat, qu'il n'eût pas parlé avec plus d'assurance « d'arranger tout cela ». Il leur promettait son aide et ses conseils, comme il leur avait offert sa bourse autrefois, et Mme Bounat, ne pouvant douter tout au moins de ses bonnes intentions, le remercia comme si elle avait absolument compté sur lui pour refaire sa fortune.

Quant à Lucette, elle était transportée de joie, ne mettant pas en doute un seul instant le pouvoir de M. Adonis. D'abord il avait beaucoup grandi pendant cette longue séparation; elle paraissait toute petite à côté de lui; et puis, sous ce brillant costume, qu'elle ne lui avait jamais revu depuis son accident, et avec cet air protecteur, il lui faisait, plus encore que jadis, l'effet d'un personnage important. Elle sécha donc ses larmes, comme il le lui avait ordonné, aussi convaincue que lui que de cette heureuse rencontre allait dater une ère de suprême félicité.

X

Les conseils de M. Adonis n'étaient peut-être
pas, d'ailleurs, tellement à dédaigner. Dans cet
esprit, à la fois pratique et quelque peu extravagant, au milieu d'inventions saugrenues, il naissait
quelquefois de bonnes idées. A force de réfléchir
et de méditer, il allait bien trouver quelque chose.

Machinalement, et tout en agitant sa cloche, il
contemplait M. Landerneau, l'automate en redin-
gote, qui dansait sur la plate-forme d'en face.

« Que faire ? Comment les sortir de là ? »

Et son regard, devenu inquiet, interrogeait en
vain M. Landerneau, qui lançait mécaniquement
ses grands bras à droite et à gauche.

Des amis ? Elle n'en a guère. Des parents ? Au
fait, elle doit avoir des parents dans un pays quel-
conque. Elle devrait retourner dans son pays, on
l'aiderait, elle y trouverait plus facilement quelque

chose. Retourner? C'est facile à dire, mais quand on n'a pas le sou! A-t-il l'air bête, ce Landerneau!

. Et ding, ding, dong. La cloche redoubla ses appels avec fureur; M. Adonis s'énervait.

Il faudrait, naturellement, il faudrait de l'argent, mais... Oh!...

Le petit baladin semblait maintenant dévorer des yeux M. Landerneau. Mais non, il ne le voyait plus, il ne voyait rien que son idée. Un plan! un plan si merveilleux, qu'ébloui par cette lumière intérieure, il devenait insensible à tout ce qui l'entourait. La cloche ne tintait plus que faiblement dans sa main distraite, le plan se développait dans son cerveau. Il s'y compléta avec tant de succès, que tout à coup, à la stupéfaction profonde d'un camarade, son voisin sur la plate-forme, qui le jugea « absolument détraqué », M. Adonis, prenant son élan, exécuta un magnifique saut périlleux; puis, retombant sur ses pieds : *All right!* cria-t-il aux badauds qui applaudissaient en riant.

« Qu'est-ce qui te prend? fit son voisin en riant aussi, il n'était pas dans le programme, celui-là!

— Non, répondit M. Adonis, les yeux brillants, un sourire mystérieux sur les lèvres, c'est pour mon agrément personnel. »

Et, les nerfs détendus, le cœur joyeux, il arpenta légèrement la plate-forme :

« Ce n'était pas si difficile après tout, puisque du premier coup il avait trouvé une solution. »

Restait seulement à convaincre Mme Bounat de

l'excellence de cette combinaison. Il paraissait agité, le lendemain matin, en entrant chez elle. N'était-il donc pas sûr de son consentement?

Très vite, sans lui laisser le temps de l'interrompre, même par une exclamation, il expose son plan.

« Vous êtes fou, mon pauvre enfant! »

Et, en dépit de sa tristesse, en dépit de ses grosses préoccupations, Mme Bounat éclata de rire. Voilà ce que tout d'abord il obtint pour sa peine.

Ce projet merveilleux était-il donc, après tout, une idée saugrenue?

M. Adonis rougit, très vexé; mais ce n'était pas le moment de se fâcher, il fallait combattre pour le triomphe de sa cause.

« Enfin, reprit-il vivement, avez-vous, oui ou non, des parents qui puissent vous aider?

— Peut-être, dit Mme Bounat lentement, un oncle de Lucette, le frère aîné de mon mari. Mais je le connais à peine, ils n'étaient pas en très bons termes, et d'ailleurs, depuis la mort de mon mari, nous nous sommes complètement perdus de vue.

— Et que fait-il? Où demeure-t-il?

— Il tient un hôtel à Paris.

— Un hôtel? Comme cela se trouve! Vous êtes sûre, au moins, qu'il aura de quoi vous recevoir; et à Paris, par-dessus le marché! croiriez-vous que je ne connais pas Paris? Allons-y! C'est là qu'on fait fortune.

— Et s'il refuse de s'occuper de nous, que deviendrons-nous en attendant que vous fassiez fortune? demanda, toujours ironiquement, Mme Bounat, qui refusait décidément de prendre au sérieux la proposition du baladin.

— Mourir de faim à Tours ou mourir de faim à Paris, ça se ressemble, je crois, répliqua M. Adonis, qui s'échauffait de plus en plus; et au moins vous auriez essayé quelque chose, et ce ne serait que juste pour Lucette! Le frère de son père lui doit bien un secours, et, dans un cas pareil, il n'y a pas de brouille qui tienne, une si vieille brouille surtout! Mais comment voulez-vous qu'il s'intéresse à une nièce qu'il ne connaît pas? »

Mme Bounat commençait à réfléchir :

« Je le sais bien, dit-elle tristement, et j'ai pensé souvent à m'adresser à lui. Je l'aurais fait il y a quelques mois, si je n'avais trouvé de l'ouvrage ici. Après j'ai été trop malade pour m'occuper de quoi que ce soit, mais je puis le faire maintenant, je vais lui écrire. »

M. Adonis se récria :

« Écrire! c'est une mauvaise affaire, les lettres se perdent. Et puis ce n'est pas la même chose, cela ne fait pas le même effet. Il faut le voir vous-même, lui présenter Lucette. Croyez-moi, c'est le seul moyen de réussir. Dites oui, et nous partons.

— Mon cher enfant, vous n'y pensez pas? C'est de la folie, je vous le répète.

— Aimez-vous mieux rester à la charge de votre

cousine ? » fit durement M. Adonis, décidé à avoir le dernier mot.

Pour toute réponse, cette fois, Mme Bounat se mit à pleurer.

« Vous voyez bien, reprit-il d'un ton pressant. Allons, soyez raisonnable! Nous n'avons rien à perdre, c'est le grand avantage des pauvres diables comme nous. Je vous réponds du voyage; nous sommes toujours sûrs d'arriver à Paris. Là vous trouverez facilement une place. Mettons les choses au pire, admettons que vous ayez à attendre un peu, eh bien! nous serons juste au même point qu'aujourd'hui. Mais vous trouverez tout de suite. Dieu merci, vous n'êtes pas comme moi. » Et son regard s'assombrit une seconde. « Vous aurez toutes les références que vous voudrez; tous ceux qui vous connaissent, le docteur en tête, parleront pour vous. On découvrira une petite librairie à vous confier, ça vaut bien la peine d'essayer, il me semble. Hein? ça vous irait-il ? » conclut enfin M. Adonis, reprenant haleine après ce long plaidoyer.

Mme Bounat ne put s'empêcher de sourire :

« Cela m'irait tout à fait, dit-elle, mais ce n'est pas si facile que vous croyez de trouver une place, j'en sais quelque chose !

— Et moi donc! fit-il gaiement; mais nous n'avons jamais essayé à Paris, là nous réussirons. Voyons, c'est dit. Nous partons! Ah! la bonne vie que ce sera : nous serons libres comme les petits oiseaux, nous ne devrons rien à personne. Lucette, parle donc ! il faut absolument décider ta mère. »

Sa confiance et son entrain devenaient contagieux; Lucette approuvait chaque mot d'un signe de tête et regardait sa mère d'un œil suppliant. Mme Bounat ne pleurait plus; sans s'en apercevoir, elle arrivait à discuter en elle-même le pour et le contre de ce plan excentrique, et le projet qu'elle avait traité d'abord de folie. Après tout, M. Adonis ne raisonnait pas si mal; qu'espérait-elle ici? Pouvait-elle rester à la charge de cette parente, pauvre elle-même, et qui s'imposait de vrais sacrifices pour la nourrir en ce moment, elle et sa fille? Non! tout plutôt que de vivre de charité, tout, même cela, puisqu'il n'y avait pas d'autre issue. Mais... ô mon Dieu! — et subitement la pauvre femme éclata en sanglots, — se voir réduite à cela, c'est trop dur, c'est trop cruel !

Mieux que toute réponse, ce subit accès de désespoir fit comprendre à M. Adonis que sa cause était gagnée; s'il en fut heureux, rien dans son attitude ne le laissa voir.

Prenant les mains de Mme Bounat, il la força à sécher ses larmes; puis, doucement:

« Ça ne vous va pas, dit-il, je le comprends, mais ce n'est pas ma faute, vous savez? c'est tout ce que je puis faire, malheureusement !

— Mon cher petit! murmura Mme Bounat, et le pauvre baladin eût été son fils qu'elle n'aurait pas baisé plus tendrement la joue pâle qui touchait la sienne, mon pauvre enfant! vous faites plus que vous ne pouvez, je ne devrais pas accepter. »

Mais, d'un gros baiser, M. Adonis lui coupa la parole; puis aussitôt, se redressant :

« Ah! non, pas de ça, cria-t-il en s'efforçant de rire pour cacher son émotion; pas de paroles inutiles entre nous. Voilà une affaire entendue, et il n'est plus temps de faire des réflexions. Soignez-vous, reprenez des forces et, dès que vous vous sentirez capable de supporter la fatigue du voyage, en route! L'avenir est à nous! Avant six mois je veux que nous indemnisions magnifiquement votre bonne âme de cousine; nous lui rendrons au centuple ce qu'elle a fait pour vous. »

M. Adonis voyait déjà le Pactole aux mains de ses amies, et prenait tout naturellement sa part des richesses futures.

Pourtant pierre qui roule n'amasse pas mousse, et le pauvre petit caillou qui déjà avait tant roulé au hasard, poussé par l'un, rejeté par l'autre, n'était pas encore sur le chemin de la fortune.

Le patron lui devait de l'argent, c'est vrai; mais ce n'était pas beaucoup, et jamais le besoin du magot ne s'était fait sentir d'une façon plus pressante. La pauvre cigale prenait un air préoccupé qu'on ne lui avait jamais vu.

« Adonis devient avare, disaient les camarades.

— Et taciturne et cachottier.

— C'est vrai; où passe-t-il son temps? Il manigance quelque chose, c'est sûr! »

Si sûr que ce fût, personne cependant ne se hasarda à le questionner. M. Adonis n'était plus le même, en effet, quelque chose le tracassait ; pour un rien il aurait eu ses nerfs, lui si philosophe habituellement, si disposé à prendre les choses par leur meilleur côté et à les voir d'avance tout en rose.

Il lui tardait d'être libre, de pouvoir disposer de lui-même, mais quand pourrait-il réclamer sa liberté ? Il avait toujours été en très bons termes avec le patron et ne pouvait songer à le mettre dans l'embarras. Comment donc sortir de tout cela ? C'était un point noir dans l'esprit du petit baladin.

Cependant, vers la fin de la foire, une grande nouvelle courut, sous toutes réserves d'abord, dans la baraque, puis fut bientôt confirmée par des bouches autorisées. L'homme-serpent allait se marier ; il épousait ni plus ni moins que la fille de son ancien patron, la célèbre écuyère Charlotta Novello, qui faisait la haute école au cirque de son père.

C'était toute une révolution ! Le grand Désiré allait devenir l'associé de son beau-père. Aussitôt le mariage célébré, et il devait l'être très prochainement, les deux troupes se fondraient en une seule.

« Il y aura des œufs cassés ! » prédit judicieusement un camarade.

Et, montrant M. Adonis d'un signe de tête :

« Novello a son gymnaste, ajouta-t-il d'un ton significatif, il y aura double emploi. »

Cette perspective de perdre sa place ne pouvait, semblait-il, qu'être très désagréable au petit baladin; pourtant, à la grande surprise du camarade, M. Adonis paru ravi du tour que prenaient les choses :

« Es-tu bien sûr de ce que tu racontes? » demanda-t-il prestement à l'augure avec tous les signes de la plus vive satisfaction.

Puis, sans attendre la réponse :

« Du reste, reprit-il aussitôt, l'air résolu comme s'il prenait tout à coup une grande détermination, je vais le demander tout de suite au patron.

— Il n'y va pas, il y court, il y vole! fit l'autre en riant; décidément, c'est à n'y rien comprendre; il est toqué, ma parole ! »

Cependant M. Adonis raisonna très juste pendant la conférence qu'il eut avec son patron.

Ce fut, entre eux, un débat assez long. Tout ce qui se disait dans la troupe était parfaitement exact, la preuve c'est que M. Adonis fut invité à la noce. Novello avait un excellent gymnaste, c'était encore vrai, mais l'homme-serpent n'en était pas moins très désireux de conserver le sien.

« Vous feriez le travail à deux, dit-il, comme nous le faisions ensemble; moi j'aurai assez de besogne pour ne plus faire le trapèze. Et puis, tu sais, ce n'est pas parce que je deviens son associé, mais Novello a un beau cirque maintenant, vingt chevaux, des éléphants, des dromadaires, des chars, un matériel énorme ; viens donc ! tu n'as jamais été dans une si grande machine. »

En d'autres temps, M. Adonis eût eu la tête absolument tournée et se fût cru, du coup, un de ces artistes illustres dont il enviait tant, jadis, la renommée. Aujourd'hui il restait inébranlable.

« Il lui en coûtait, disait-il, de se séparer d'un si bon patron ; il ne l'aurait pas fait, en d'autres circonstances, sans lui laisser tout le temps voulu pour le remplacer ; mais puisque les choses s'arrangeaient ainsi d'elles-mêmes, et que ses services n'étaient plus indispensables, il demanderait son congé à la fin de la foire. »

Aux questions empressées du patron il ne répondit que vaguement :

« Force majeure, insinua-t-il, presque des raisons de famille. » Au reste, il avait eu souvent l'idée de renoncer au métier, peut-être allait-il bientôt tenter autre chose.

Eut-il un regret, un serrement de cœur à cette pensée qu'il abandonnait la carrière à l'heure où la gloire allait peut-être enfin lui sourire, qui sait ?

Mais le sacrifice fut consommé. Quand il reparut chez Mme Bounat, M. Adonis était libre ; il venait de brûler ses vaisseaux.

XI

Rataplan! rataplan! rataplan!

« Ce soir, à huit heures précises, sur la place du Marché, représentation variée : chansonnettes et romances avec accompagnement de mandoline ; séance de prestidigitation par le célèbre docteur rouge ; tours de force et d'équilibre. En l'honneur de votre présence ! »

Rataplan! rataplan! rataplan!

Payant d'audace, le vieux tambour faisait un bruit d'enfer dans la principale rue d'un gros village, attirant aux portes et aux fenêtres la population abasourdie.

« Qu'est-ce que c'est ? qu'est-ce qu'il dit ? demanda un bonhomme qui, du fond de la cour où il se chauffait au soleil, n'avait rien vu et rien compris.

— C'est la comédie ! répondit une voisine qui, elle, était allée dehors, aux écoutes. Un petit baladin, bien habillé, ma foi, en velours et en or, et gentil comme les amours. Ils vont faire une représentation ce soir: des physiciens, des chanteurs, des clowns... On ira voir ça. »

L'imagination de la bonne femme allait un peu vite. Les physiciens, les chanteurs et les clowns dont elle peuplait, de confiance, la place du Marché étaient, en réalité, représentés par un seul et même artiste, celui qui se signalait en personne, et à si grands tours de bras, dans les rues du village; un artiste évidemment désireux de garder l'incognito, puisqu'il n'avait jeté aucun nom à la foule curieuse accourue sur ses pas.

La tournée faite, et ce ne fut pas long, le baladin revint au plus vite à ce qu'il lui plaisait de nommer le campement: quatre piquets enfoncés en terre et soutenant une sorte de tente carrée, — deux vieux rideaux d'un rouge passé, mais qui, le soir, faisaient encore un certain effet, — et renfermant le matériel: une table, celle du docteur rouge, la mandoline du chanteur, le lambeau du tapis sur lequel l'acrobate exécutait ses tours de force et d'équilibre; puis une valise et un vieux sac contenant un peu de linge, des vêtements et « les costumes des acteurs », c'est-à-dire le costume du docteur rouge, une sorte de grande blouse de lustrine, rouge naturellement, à manches très larges, et un bonnet pointu en papier doré et chamarré de dessins rouges.

Cependant cet artiste aux cent têtes n'était pas tout seul au campement. Comme il y arrivait très

affairé, ayant à mettre la dernière main aux prépa-
ratifs, une petite voix douce l'appela de derrière le
rideau :

« Claude, venez vite, venez voir les jolies sur-

Tout en causant, le baladin, toujours affairé,
fouillait dans la valise.

prises que maman prépare pour votre tour du
chapeau. »

Et l'artiste, s'étant glissé sous la tente, jeta un
cri d'admiration : des bouquets pour les dames,
des cocardes pour les messieurs, des chromos
pour les enfants. C'étaient des bouquets de simples
fleurs des champs, les cocardes étaient en lustrine,
— des restes de la robe du docteur rouge, —

les chromos provenaient d'une ancienne collection faite autrefois, en des temps plus heureux; mais le physicien n'en fut pas moins enthousiaste.

« Enfoncé Lagadrillère ! cria-t-il joyeusement ; vous verrez quel succès. Nous pourrons peut-être donner deux séances ici. J'ai annoncé la représentation pour huit heures, et je commencerai exactement ; d'abord les paysans se couchent de bonne heure, et puis, économie de bouts de chandelles ; c'est le crépuscule qui fera les frais d'éclairage. Hier j'ai commencé trop tard, je n'y voyais plus à la fin. »

Tout en causant, le baladin, toujours affairé, fouillait dans la valise :

« Mes gobelets, bon ; ma robe, mon bonnet, c'est bien. Et le gibus ? Lucie, où est mon gibus ? Ah ! le voilà. Maintenant à la cuisine ! Madame Bounat, laissez-moi faire la soupe à l'oignon, ça me regarde ; c'était mon fort chez Lagadrillère ! »

Et M. Adonis, ayant jeté partout le désordre pour vouloir trop faire à la fois, se redressa, de plus en plus affairé, son gibus d'une main et brandissant de l'autre une casserole de terre.

Mais, d'un geste, Mme Bounat arrêta ce beau zèle :

« Voyons, dit-elle, moitié riant, moitié soupirant, du calme et pas de distractions. N'allez pas faire la soupe à l'oignon dans le gibus ! »

On ne peut forcer la nature. Il était aussi impossible à M. Adonis de changer en un jour ses allures de baladin, qu'à Mme Bounat, la sage et ponctuelle ménagère, de s'improviser cigale; aussi s'élevait-il entre eux, sur les questions intérieures, de fréquentes altercations.

Sous cette tente aux rideaux fanés, au milieu de ce pêle-mêle obligé d'un campement de nomades, de ce bruit, de ces oripeaux, Mme Bounat se sent aussi dépaysée, aussi désorientée qu'une brave poule de basse-cour qui se verrait subitement entraînée dans un vol d'étourneaux. Est-ce bien elle, Mme Bounat, de la librairie Bounat, la digne marchande, la mère de famille modeste et paisible, est-ce bien elle qui s'est jetée dans une telle aventure? Elle dont le passage est annoncé partout au son du tambour, dont le pain quotidien, l'asile de chaque soir n'est assuré qu'à grand renfort de boniments, de contorsions et de grimaces? Et Lucette, sa petite Lucette, quelle figure fait-elle aussi, au milieu de tout cela, avec sa mise simple et soignée, sa mine douce, ses façons timides et réservées?

Non, jamais plus bizarre association ne s'est vue dans le monde des saltimbanques.

M. Adonis, pourtant, trouve la chose toute naturelle et s'applaudit chaque jour du succès de son entreprise. N'avait-il pas raison de prédire ce succès, et qui oserait encore attaquer son plan? Un plan si simple et si pratique ne devait-il pas réussir de toute nécessité?

S'il avait eu tant de peine jusqu'au dernier moment à le faire adopter par Mme Bounat, c'est que Mme Bounat avait des préjugés de bourgeoise, qui ne comprend que les voyages rapides par train direct et en ligne droite, d'un point à un autre. C'est très confortable en effet; mais le tort de ces voyages-là, c'est de coûter de l'argent sans en rapporter, tandis que nous... Et la cigale l'avait tant chanté qu'elle avait à la fin convaincu la fourmi:

« Tandis que nous, madame Bounat, suivez mon raisonnement: vous n'avez pas d'argent pour payer vos places jusqu'à Paris? ça nous est bien égal, nous irons quand même. Je pars avec vous; c'est inutile de vous débattre et de réclamer, puisque je vous dis que je n'ai plus d'engagement. Il faut bien que je vive pourtant; je vivrai avec vous si vous le permettez. Nous évitons les villes, j'y ferais trop triste figure en ce piètre équipage, et nous courons de village en village en donnant des représentations. Là, je triomphe. Il ne faut pas grand'-chose pour émerveiller de bonnes gens qui n'ont jamais rien vu; je m'en charge. De cette façon nous regagnons au fur et à mesure ce que nous dépensons. La nuit, vous prenez une chambre à l'auberge pour vous et Lucette; moi, je couche sous vos rideaux, sur une botte de paille; ça me connaît, je dors partout.

« La nourriture? je m'en charge aussi. Nous ne mangerons pas très bien; mais ça nous est encore égal, nous nous rattraperons à Paris. Le pot-au-feu le meilleur marché, c'est la soupe à l'oignon.

« Le transport? Certes non, vous ne voyagerez

pas à pied. Un billet de troisième pour une petite distance, c'est l'affaire de quelques sous; nous ferons l'étape plus ou moins longue selon la recette, après chaque représentation.

« Le théâtre? Ce ne sera pas compliqué. Une table pour mes tours d'escamotage, — votre cousine nous en prêtera une, — deux rideaux, un tapis. Je m'en charge! »

M. Adonis se chargeant de tout, et tout devant leur être égal, le rôle de Mᵐᵉ Bounat demeurait facile et elle eût eu mauvaise grâce à refuser encore. Aussi, vaincue par les instances de M. Adonis, — têtu comme un âne rouge, c'est connu, disait-il lui-même, — par les prières de Lucette, par son propre désir de sortir, coûte que coûte, de la misère où elle était tombée, par l'espoir qui la prenait aussi, malgré elle, d'assurer ainsi l'avenir de sa fille; soutenue, entraînée par la foi, par l'assurance communicative de son conseiller, elle avait cédé à la fin.

Qu'avait-elle de mieux à espérer? d'ailleurs, que pouvait-elle, seule et sans appui?

« C'est tout ce que je puis faire, » avait dit humblement le pauvre baladin, comme s'il ne donnait pas là tout ce qu'il eût au monde.

Dans une situation aussi désespérée que l'était la sienne, la fierté et les préjugés n'avaient certes plus rien à voir. Et, pleine de reconnaissance, elle avait accepté enfin l'aide de ce brave cœur qui venait unir sa misère à leur misère, qui leur apportait le secours de son travail journalier, le seul qu'il eût à offrir.

Elle l'avait accepté, et de ce jour le petit baladin ne fut plus seulement son ami, il devenait son fils aîné, leur soutien, leur protecteur, le grand frère de sa petite Lucette.

Ils étaient partis à la grâce de Dieu. L'argent touché chez le grand Désiré avait couvert les premiers frais d'installation, — accessoires achetés d'occasion, — et la première étape, qui devait être la plus longue. M. Adonis l'avait décidé ainsi.

Si dénué qu'il fût pour lui-même de préjugés bourgeois, l'artiste comprenait ceux des autres. Mme Bounat ne commencerait le cabotinage, avait-il décrété, que lorsqu'elle serait assez loin de Tours pour n'avoir plus à craindre une rencontre gênante. Et ainsi, qui donc saurait jamais comment elle avait voyagé quand le but serait atteint ?

Et le plan de M. Adonis s'exécutait de point en point, et tout se passait comme ce grand prophète l'avait prédit, et dans le plus petit village comme dans les plus grandes villes, aujourd'hui comme autrefois, le public raffolait de ce petit baladin à la mine joyeuse et hardie qui faisait, à lui tout seul, autant de besogne et de tapage qu'une troupe complète.

Ils avaient fait deux étapes déjà, et, tout marchant à souhait, Mme Bounat devenait presque confiante. Chacun son lot. L'économe fourmi, veillant à tout, entretenait l'ordre et la propreté dans le ménage; malgré les prétentions de M. Adonis, elle s'était chargée de la cuisine, tandis que le courageux artiste, criant, chantant, cabriolant, faisant de son mieux tout ce que comportait son métier de cigale.

Ils s'entr'aidaient cependant, et à ses moments perdus Mme Bounat préparait, par-dessus le marché, pour les séances du docteur rouge, ce que Lucette appelait les surprises.

« Savez-vous, dit ce jour-là M. Adonis en allumant le feu entre deux grosses pierres à la façon des nomades, nous aurons du succès ici ; je vois cela à l'air des gens. Et, dans ce cas, que diriez-vous d'y donner deux séances ?

— Pour quoi faire ? damanda Lucette.

— Pour doubler une étape ; nous prendrions le train demain, après la représentation, et nous ferions, d'une traite, un bon bout de chemin ; sans parler de l'économie d'une nuit d'auberge. Risquons cela, voulez-vous ? »

Ce fut convenu, et M. Adonis déclara qu'il annoncerait dès ce soir, à la fin de la représentation, cette seconde séance.

Puis il y eut un moment de silence ; M. Adonis soufflait de toute la vigueur de ses poumons sur un morceau de bois qui refusait de flamber. Lucette réfléchissait.

« C'est dommage, dit-elle tout à coup, que nous n'ayons pas de quoi asseoir le public. »

Sur cette réflexion, l'artiste leva la tête :

« Ça me vexe joliment, va, dit-il, nous ferions payer les places, et ce serait une recette fixe en plus de la quête ; mais, tu sais, ça compliquerait un peu le matériel. »

Le feu s'éteignait, et, regonflant ses joues au plus vite, il retourna à ses tisons sans paraître y penser davantage ; mais soudain le voilà secoué des pieds à la tête par une commotion violente ; il se lève, et regardant Lucette comme il a regardé certain soir M. Landerneau :

« J'ai vu ! murmure-t-il. Et il a des enfants. Ils étaient sur la porte... Je... Lucette, appelle ta mère. Fricotez tout ça, je n'ai pas le temps. On sera assis ! »

Et, sans un mot d'explication, il part en courant comme un fou, et ne s'arrête qu'au milieu d'une grande cour remplie de planches ; trois ou quatre enfants qui jouaient là s'arrêtent ébahis, en reconnaissant le baladin, puis viennent l'entourer curieusement.

« Ton père est-il là ? demande aussitôt M. Adonis à l'un des enfants. Ces planches sont à lui ?

— Oui, le père est là ; ces planches sont à lui, il est menuisier. »

Sur cette réponse satisfaisante, M. Adonis se fait présenter au menuisier, et poliment lui fait ses propositions. Elles sont fort acceptables : toute la famille assistera, assise et gratis, aux deux représentations si le menuisier veut bien lui prêter quelques planches qu'on installera en guise de sièges devant la table du physicien. Les enfants du menuisier, qui ont assisté à l'entretien et sont dans une joie folle, proposent immédiatement leurs services pour le transport des planches, et moins de dix minutes après le départ de M. Adonis, Mme Bounat et Lucette le voient revenir triomphant, tenant la tête d'une procession d'enfants très fiers d'être chargés; et en un instant les planches, soutenues et reliées entre elles par des escabeaux, forment devant la tente de longues rangées de bancs.

Bien avant huit heures la place du Marché était envahie par la foule, et M. Adonis, juché sur sa table pour dominer l'auditoire, et armé de son tambour pour les intermèdes, criait et se démenait avec autant d'importance que s'il eût paradé sur la plate-forme d'une magnifique baraque.

« Prenez vos places, Messieurs et dames, prenez vos places. Dix centimes seulement! Ne craignez rien; les sièges sont simples, mais solides. »

Ici, surprenant un murmure ironique dans un groupe élégant, il se mit à rire, et sans se déconcerter :

« Vous dites, Monsieur? pas très rembourrés! Voyons, vous n'allez pas demander que pour dix centimes on vous apporte ici les fauteuils de l'Académie?

« Dix centimes ! Mesdames et Messieurs ! Dix centimes. C'est avoir pour rien du plaisir sur la planche. Placez-vous, placez-vous. Ceux qui préfèrent rester debout ne payeront rien, ou payeront plus à leur choix; car, pendant l'entr'acte, nous aurons l'honneur, Mesdames et Messieurs, de nous adresser, par une petite quête, à la générosité de votre bon cœur. »

Fièrement assise au premier rang, — stalles réservées, disait gaiement M. Adonis, — la famille du menuisier regardait la foule s'empiler sur les planches.

« Deux sous; pauvre petit baladin! ce n'est pas cher, en effet, ce n'est pas la peine de s'en priver. Et il est si gentil, il a un sourire si aimable en casant tout son monde. Et puis, si drôle avec tout un chacun, comme si on était camarade ensemble.

« Et fort, et adroit! Et qui se serait attendu à voir sortir de ce beau chapeau, dans lequel le docteur rouge vient de casser un œuf, une telle quantité de jolies choses? tant de fleurs, tant d'images, et toutes ces cocardes? »

Les enfants du menuisier attrapent tout ce qu'ils peuvent; mais pas de jaloux, le docteur rouge en jette jusqu'au dernier rang, et quelle galanterie en offrant ses fleurs aux dames! il ne néglige personne:

« Et vous, la grosse mère! »

Et la grosse mère reçoit son bouquet sur l'œil.

« Attrapez là-bas, ma bonne vieille! »

Et tout le monde rit, et tout le monde est content.

Mme Bounat et Lucette ne paraissaient jamais aux

représentations; M. Adonis l'avait ainsi ordonné. Leur rôle se bornait à préparer au docteur rouge tous ses accessoires, et à l'en débarrasser au fur et à mesure quand, le tour fini, il glissait par derrière sa main sous le rideau.

La séance finie, il s'y glissait lui-même, s'y débarrassait en une seconde de son bonnet pointu et de sa robe rouge, qu'il enfilait toujours par-dessus ses paillettes, prenait sa mandoline des mains de Lucette, et le chanteur paraissait.

Personne dans le village ne connaissait la mandoline; aussi fût-ce un tel délire après le concert, que l'artiste jugea le moment bon pour s'adresser à la générosité des bons cœurs auxquels il avait fait allusion.

Contre l'usage général, la quête ne refroidit pas l'assistance: aucun des spectateurs ne refusa son sou; riches, pauvres, avares, prodigues, tous étaient sous le charme, et ce fut à qui avancerait la main au-devant de l'assiette que promenait le chanteur. Aussi, la représentation finie, et comme il remerciait une dernière fois son public:

« Mesdames et Messieurs, cria l'artiste, fier et ému, j'avais d'abord eu l'intention de ne donner dans votre beau pays qu'une seule et unique représentation; mais l'accueil encourageant dont vous me faites l'honneur m'autorise à vous offrir pour demain soir une seconde séance de nouveaux exercices, que vous trouverez, je l'espère, dignes de vos connaissances et de votre bon goût. »

Nouveau tonnerre d'applaudissements; puis les bancs se vidèrent, et l'auditoire enchanté se dispersa.

Il était temps. M. Adonis était à bout de forces, de sourire et de voix; il avala un verre d'eau pour se remettre, puis se laissant tomber gratis, lui aussi, sur une des stalles réservées :

« Lucette, fit-il, la voix éteinte et les bras ballants, compte les sous. »

C'était fait déjà : trois francs de recette et deux francs vingt-cinq de quête !

Un grognement de satisfaction répondit ; c'était tout ce que pouvait actuellement produire le gosier de l'artiste; mais, toussant avec énergie pour s'éclaircir la voix, il retrouva un peu de son :

« Nous en aurons autant demain, dit-il, presque tous reviendront, vous verrez, et ceux qui ne reviendront pas en enverront d'autres à leur place. »

Et la voix de plus en plus claire :

« Nos affaires avancent, madame Bounat.

— Oui; mais vous n'en pouvez plus, mon pauvre enfant, répondit Mme Bounat avec un soupir, vous vous fatiguez trop, et quel chagrin pour moi de me dire... »

M. Adonis, oubliant qu'il était à demi mort, se leva vivement :

« Il est trop tard pour causer de ça, fit-il, l'arrêtant sans la moindre politesse, l'auberge va être fermée ; sauvez-vous, et bonne nuit.

— Mais puisque nous sommes riches, venez aussi prendre une chambre à l'auberge, dit Lucette.

— A l'auberge! répéta M. Adonis avec la même stupeur que si on lui eût offert une chambre dans la lune; c'en serait de l'argent perdu! Et le matériel, qui donc le garderait? Et les planches que le menuisier me confie jusqu'à demain? Tu rêves, Lucette, à force d'avoir sommeil. »

XII

Le lendemain, M. Adonis, frais et dispos, semblait tout prêt pour le succès du soir; pourtant
Mme Bounat revint à la charge. Il se fatiguait trop;
au lieu de tant se hâter, pourquoi ne pas prendre
un jour de repos?

Mais M. Adonis ne voulait rien entendre.

« Si au moins nous pouvions vous aider! »
fit-elle tristement.

Là-dessus Lucette, qui n'avait encore rien dit,
insinua timidement que, si sa mère voulait, elle
pourrait peut-être essayer, se charger du concert.

« Je chanterais et je jouerais de la mandoline à sa
place, dit-elle un peu hésitante, et au moins il aurait
un moment de repos pendant ce temps-là; je...

— Lucette, tais-toi! »

Dans sa vive émotion, M. Adonis avait crié cela
d'un ton brusque; mais soudainement, la voix
redevenue très douce :

« Ma petite Lucette, reprit-il, je te remercie;

mais ne reparle jamais de cela. Crois-tu que je voudrais faire ce chagrin à ta mère? crois-tu que moi-même je consentirais? »

Il se tut un moment; puis, la voix tremblante maintenant :

« Tu sais, continua-t-il, ça m'est agréable tout de même que tu aies voulu faire ça pour moi; mais... tiens, n'en parlons plus, ça vaut mieux. »

Et comme Mme Bounat, jusque-là silencieuse, allait parler :

« Non, fit-il précipitamment, pas vous!... Vous non plus, madame Bounat; ça... ça me fait de la peine!... Tenez, j'aime mieux m'en aller. »

Et en quelques enjambées il fut à l'autre bout de la place, et bientôt hors de vue.

Il lui fallut un peu de temps pour se remettre.

Comme les idées changent, tout de même! D'abord M. Adonis, du haut de ses grands airs, avait déclaré un jour à la petite fille, et avec quel dédain! qu'elle ferait « une mauvaise artiste ». Puis, après les leçons de mandoline, il était bien revenu de cette opinion, et il avait souvent rêvé de la voir, dans sa toilette de gala, la robe blanche et la ceinture bleue de la distribution des prix, chantant en public, au son de la mandoline, la romance de la poupée, et lui accompagnant ensuite à lui-même ses chansons; il avait rêvé, en un mot, d'en faire une baladine. A son avis, c'était alors le vrai, le seul métier.

Ah! oui, comme on change! Il ne s'expliquait

pas très bien autrefois les répugnances de Mme Bounat pour ce métier, et voilà qu'aujourd'hui non seulement il les comprend, mais il les partage.

Mme Bounat n'a rien dit à cause de lui, le baladin. Elle sent si vivement ce qu'il fait pour elles!... Comme si ce n'était pas un vieux compte qu'ils avaient à régler ensemble! Non, elle n'a rien dit, mais il a deviné ce qu'elle éprouvait au mouvement involontaire qu'elle a fait, comme pour protéger sa fille. Il l'a d'autant mieux deviné qu'il a eu la même idée. La petite Lucette une baladine... comme Palmyre! est-ce que c'est possible?

Et la même réflexion revenait : Comme on change! comme on arrive à mieux comprendre les choses!

« Parbleu! fit-il tout à coup en riant, à force de changer, je n'ai plus que des idées de rentier : Mme Bounat peut être contente! »

Sans s'en apercevoir, il avait repris le chemin du campement. Avant de déjeuner, il embrassa Lucette pour la remercier encore; puis, de son air le plus bourgeois, le plus « frère aîné », il lui défendit pompeusement de renouveler jamais « une démarche aussi inconvenante ».

M. Lagadrillère eût certainement, en son style choisi, traité ces braves villageois de public éclairé et ami des arts. La seconde représentation fut aussi brillante que la première, et non moins fructueuse, ce qui était le point capital. Leur enthousiasme ne se démentit pas un seul instant. Il faut dire que

M. Adonis, fidèle à sa promesse, avait varié et augmenté son programme de façon à satisfaire le bon goût qu'il s'était plu à leur reconnaître, et qu'il avait mis de la coquetterie à montrer à cette naïve population de quoi était capable, même dans ce cadre étroit, le baladin inconnu d'eux jusqu'ici, mais dont le nom avait retenti par toute la France et l'Angleterre, l'artiste-soleil, celui qui s'appelait autrefois M. Adonis !

Comme on change, en effet ! M. Adonis, si humilié jadis d'être descendu au rôle de clown chez Rover, — ce cirque de troisième catégorie, comme il le disait d'un ton méprisant, — l'est-il aujourd'hui de cette chute plus profonde encore ? Souffre-t-il de voir l'artiste-soleil réduit à se disloquer sur ce haillon de laine pour la plus grande joie d'un public ignorant ?

Non, pas le moins du monde. Sans doute il a toujours conscience de sa valeur, mais ce sentiment s'est ennobli, sa vanité naïve d'autrefois se change en juste fierté. Ce n'est plus pour la gloriole qu'il travaille aujourd'hui. Deux existences ne dépendent-elles pas actuellement de ses talents, de son savoir-faire ?

Artiste !... Il y renoncera bientôt, il y est décidé ; son ancien rêve d'une vie sérieuse et utile lui est revenu. Il l'avait oublié un moment chez Rover, quand il s'était vu abandonné, livré de nouveau à lui-même, sans conseils et sans amis ; mais il en avait gardé sans doute un petit reste au fond de son cœur, puisque ce rêve s'est .éveillé plus fort que jamais depuis... depuis sa visite à la pauvre tombe, depuis qu'il a retrouvé sa mère et sa petite sœur d'adoption. Il veut être comptable, plus peut-être, et il y arrivera, c'est bien entendu.

Le pauvre vieux métier ! la clôture n'est pas brillante, c'est vrai, mais il y a longtemps qu'il est revenu de tout cela ; et puis, il n'y a pas à dire, il a eu du bon dernièrement, et, même au temps de sa plus grande gloire, l'artiste-soleil ne s'est jamais senti, et à plus juste titre, aussi content de lui-même.

Le grand succès de ces deux beaux soirs ne se répéta pas partout ; cependant de temps à autre les voyageurs purent encore doubler l'étape, et le trajet leur parut moins long qu'ils ne l'avaient cru d'abord ; d'ailleurs ils étaient trop occupés, chacun dans son rôle, pour avoir le temps de s'ennuyer beaucoup. Mᵐᵉ Bounat avait fort à faire pour l'entretien de la garde-robe et du peu de linge que possédait la troupe. Il fallait ménager ses vêtements, n'en ayant pas de rechange.

Dans un des compartiments de la valise, — et défense expresse à M. Adonis d'y porter ses ravages, — respectueusement pliées et enveloppées, reposaient les toilettes réservées pour l'entrée à Paris et la présentation à l'oncle Bounat.

« Ce ne serait pas le cas, avait dit M. Adonis, d'arriver là comme de misérables cabotins déballant pour une foire. Ce jour-là vous redeviendrez

Mᵐᵉ Bounat, libraire, et il faut que Lucette soit très gentille.

— Et vous, dit Lucette en riant, mettrez-vous une cravate blanche pour vous présenter à mon oncle?

— Moi! s'écria-t-il avec une de ces mines ahuries dont il avait le secret, moi! Ah çà, t'imagines-tu par hasard que je vais aller avec vous chez ton oncle?

— Naturellement, dirent ensemble Mᵐᵉ Bounat et Lucette. Où comptez-vous donc aller? »

Cette question n'avait jamais été discutée, mais M. Adonis avait son idée bien arrêtée d'avance.

Le moment est venu, pensa-t-il, de régler le dernier acte : l'entrée à Paris.

Aussi de son ton le plus décidé :

« Attention! dit-il, il s'agit de ne pas gâter les choses au dernier moment. Vous irez chez l'oncle, et moi... »

Mᵐᵉ Bounat l'interrompit vivement.

« Et vous aussi, dit-elle; nous ne nous séparerons pas. »

M. Adonis se fit insinuant.

« Voyons, reprit-il, il faut pourtant se mettre à la place des gens. Vous êtes sa belle-sœur, c'est bien; Lucette est sa nièce, c'est encore mieux; mais moi...

— Vous êtes mon fils. »

Il sourit pour la remercier.

« Oui, reprit-il, mais je ne suis pas son neveu. Il ne faut pas le décourager, ce pauvre homme. Je vous conduirai jusqu'à sa porte. Je me ferai dire

le chemin, et, soyez tranquille, je ne me suis
perdu nulle part, même pas à Londres. A la porte
nous nous quitterons. A la dernière rigueur, il ne
peut vous refuser une chambre pour la nuit, et le
lendemain matin je viendrai aux nouvelles.

— Et vous croyez, dit Mme Bounat, que je dor-
mirai tranquillement là, vous laissant sur le pavé
de Paris?

— Le pavé n'est pas plus dur à Paris qu'ailleurs,
dit gaiement M. Adonis. Mais de quoi vous tour-
mentez-vous? Je retomberai sur mes pieds, allez,
je ne suis pas baladin de naissance pour rien. Et
puis au moment décisif on trouve toujours quelque
chose... ou quelqu'un, je l'ai toujours remarqué.

— Et si l'oncle ne veut rien faire pour nous? dit
Lucette, que l'arrivée à Paris préoccupait un peu.

— Eh bien! répondit M. Adonis tranquillement,
en homme qui a prévu tous les cas, c'est convenu :
nous repartons, je vous installe dans un petit coin,
et je reprends un engagement pour avoir de l'argent à vous envoyer, jusqu'à ce que ta mère ait
trouvé de l'ouvrage. Mais, reprit-il aussitôt avec
insouciance, tout ça ce sont des suppositions inutiles. J'ai confiance en l'oncle, et, quant à moi, vous
verrez si je ne m'arrange pas... Il faut bien que la
veine tourne, à la fin!

— Chut! dit Mme Bounat gravement, ne parlons
pas de veine; c'est à la Providence qu'il faut nous
en remettre, elle nous a bien protégés depuis le
commencement de notre voyage.

« — Vous avez raison, dit le baladin, qui avait un peu rougi, et c'est justement ce qui doit nous donner confiance pour la fin. »

Il y a de braves gens en ce monde; M. Adonis avait de bonnes raisons pour en être persuadé, et c'est peut-être pourquoi il ne doutait jamais de rien.

Il marchait sur Paris aussi rassuré sur son propre compte que s'il eût eu en poche un acte signé par-devant notaire, et dans lequel sa place de comptable à six mille francs par an lui était assurée au débotté.

« Je trouverai quelque chose, avait-il dit, ou quelqu'un. »

Et pourquoi pas, après tout?

Ils étaient encore à deux ou trois bonnes étapes de Paris, et l'impatience les prenait d'arriver, de savoir enfin ce qui les attendait au but; mais M. Adonis, toujours philosophe, l'avait dit le matin même :

« Impossible d'aller plus vite que le violon,... représenté ici par ma mandoline; cela n'avance à rien de s'agiter. »

Et il faisait de son mieux pour distraire Mme Bounat, qui, fatiguée et inquiète, devenait nerveuse malgré elle et perdait un peu courage.

Ce jour-là donc, comme il sortait de l'auberge, où il venait de retenir une chambre pour Mme Bounat, marchant de son pas leste et toujours pressé, il alla donner dans un gros homme qui entrait juste à ce moment.

Le gros homme grogna. M. Adonis recula, s'excusant; mais, au premier coup d'œil jeté à son adversaire, ses excuses, lui restant au gosier, se perdirent dans un cri soudain, mais un cri de si joyeuse surprise, que le gros homme s'arrêta, instantanément désarmé.

Alors, sans plus attendre, souriant, épanoui :

« Me reconnaissez-vous ? » demanda M. Adonis.

Le gros homme eut d'abord un geste vague, puis la mémoire lui revint, et tout à coup, avec un rire bon enfant :

« Tiens! fit-il, ma victime!

— Tout juste! dit M. Adonis riant aussi, et qui ne s'en porte pas plus mal, comme vous voyez. Vous voyagez toujours, monsieur Guillet?

— Oui; et toi, que fais-tu ici?

— Mais, répondit M. Adonis gaiement, je vous retrouve, ce qui est déjà bien. Et puis…, mais c'est toute une histoire, voyez-vous.

— Viens me la raconter, dit le commis voyageur, je suis libre en ce moment. »

L'histoire de M. Adonis fut longue, ou bien ce fut le commis voyageur qui parla longtemps après, ou tous les deux peut-être; quoi qu'il en soit, M. Adonis ne quitta l'auberge qu'une heure plus tard, les yeux rouges, le nez rouge, les joues rouges, en ébullition, la figure bouleversée, en homme enfin qui a passé en peu de temps par toutes les émotions possibles et imaginables. Toujours courant, il arriva en vue du campement, où

Mme Bounat préparait la séance comme d'habitude, et, du plus loin qu'elle put l'entendre, jetant feu et flammes :

« Laissez, cria-t-il haletant et les bras en l'air, laissez tout ça, c'est fini!

— Miséricorde! s'écria Mme Bounat toute saisie et s'appuyant des deux mains à un des piquets, qu'y a-t-il encore? »

S'apercevant alors qu'il lui faisait une peur affreuse, il se tut; mais, redoublant de vitesse, il vint tomber hors d'haleine contre le second piquet :

« Non, non! murmura-t-il, pressé de la rassurer et ne sachant trop ce qu'il disait, calmez-vous, c'est du bonheur! c'est... ah! c'est trop de chance! »

Et retrouvant sa voix, redoublant d'excentricité :

« Embrassez-moi! cria-t-il, embrassons-nous! Lucette, embrasse ta mère. »

Alors, un peu calmé par tant d'effusions :

« Savez-vous qui je viens de rencontrer? » cria-t-il, et sa voix sonnait maintenant comme un clairon : « Guillet!

— Guillet? » répéta d'un ton indécis Mme Bounat, qui n'avait pas la mémoire des noms.

Mais le clairon repartait :

« Vous savez bien! Guillet, le commis voyageur qui m'a écrasé. Ah! le brave homme, à part ça! Il est ici à l'auberge, même il vous invite à dîner. Mais ce n'est rien, attendez! Pas de représentation

ce soir, ni demain, ni jamais. Soufflez les chandelles. Clôture ! Nous partons demain matin, tous
ensemble, en chemin de fer, directement pour
Paris. J'ai une place en vue, nourri et vingt francs
par mois ; un louis ! Vous rappelez-vous comment

M. Adonis recula, s'excusant.

c'est fait ? C'est comme un conte de fées, dites ?
Fini la misère ! Je couche aussi à l'auberge ce
soir... A-t-on idée de ça ! C'est la première des
mille et une nuits... un conte, je vous dis ! »

Il était tellement excité, que Mme Bounat, sans
l'interrompre, sans essayer de tout comprendre,
le laissait divaguer à sa guise, pensant bien qu'une
explication plus claire suivrait tôt ou tard.

Elle obtint bientôt en effet, en quelques mots plus sensés, le résumé de la longue entrevue qui venait d'avoir lieu à l'auberge.

M. Adonis avait fait à l'ami si inopinément retrouvé la confidence de toutes ses peines, de tous ses efforts, de tous ses espoirs ; et Guillet, en brave garçon qu'il était, avait résolu de venir en aide, autant qu'il le pourrait, à ce pauvre petit diable qui se démenait pour vivre avec tant d'énergie.

Le commis voyageur ne manquait naturellement pas de relations dans le commerce; personne mieux que lui ne pouvait trouver à caser son petit protégé.

« J'ai ton affaire, lui avait-il dit aux premiers mots, chez un de mes amis, un quincailler ; je rentre à Paris demain matin, viens avec moi, je te présenterai. »

C'est alors que, mis en confiance par la bonté de son nouveau protecteur, M. Adonis lui avait avoué confidentiellement la détresse de Mme Bounat et sa situation actuelle.

Guillet avait d'abord ouvert des yeux énormes. Cette association, ce voyage accompli dans des conditions si singulières, tout cela lui paraissait si original, qu'il se le fit répéter deux fois avant de bien comprendre.

Mais quand il eut bien compris, touché du dévouement, du courage de ce brave petit homme, de la misère des deux pauvres femmes, il fut bon jusqu'au bout.

« Emmenons-les, dit-il, sortant tout à coup de ses réflexions, et si l'oncle les reçoit mal, nous nous en occuperons. Venez dîner tous les trois avec moi, il faut causer de tout cela, et surtout pas d'objections ; elle me remboursera plus tard le voyage, si elle y tient. »

C'est là-dessus que M. Adonis était parti, ne sachant plus s'il était sur la terre ou sur son trapèze, s'il tournait ou s'il volait, s'il courait sur la tête ou sur les pieds, hors de lui, fou de bonheur. Il avait trouvé quelqu'un.

Ah ! le brave commis voyageur ! Il n'avait pas perdu sa journée, il pouvait se vanter d'avoir fait des heureux.

Quand on vient sans un sou chercher fortune à Paris, l'usage veut qu'on y arrive à pied et en sabots ; mais M. Adonis, décidément, ne faisait rien comme les autres. Il y entra superbement en voiture.

En voiture, et chaussé de ses meilleurs souliers, et vêtu de ses plus beaux habits.

Cette voiture, il est vrai, était un simple fiacre, et il se faisait aussi petit que possible sur le strapontin ; mais n'empêche, comme il le fit remarquer à Lucette, — que le saisissement laissait muette et sans pensée, — n'empêche que c'était là « une entrée un peu soignée ».

C'est égal, il devenait un peu nerveux à mesure que le fiacre avançait, les cahotant tous ensemble dans les rues de Paris.

L'oncle Bounat appartenait-il à la catégorie des braves gens que M. Adonis tenait en si haute estime, ou bien auraient-ils là une déception ?

Mme Bounat était très pâle, et sans dire un mot, sans rien regarder, elle serrait Lucette contre elle de plus en plus fort.

Enfin la voiture s'arrêta. M. Adonis n'était plus fier du tout.

« A ce soir, dit-il, — et sa voix n'était pas très nette, — je viendrai savoir... Je ne pourrais jamais attendre jusqu'à demain. »

Et, sans même les regarder franchir la porte, il repartit avec Guillet, qui l'emmenait directement chez lui. Ils y laissèrent leurs bagages; puis, sans plus tarder, Guillet, qui ne perdait jamais son temps, l'emmena chez son ami.

Ah! quelle journée, cette première journée à Paris ! Tout fut réglé et conclu. M. Adonis n'existait plus, M. Claude Girard entrerait en fonctions le lendemain même; il tombait comme mars en carême, on avait absolument besoin de lui. Vite à la besogne !

Ah ! le brave Guillet ! il était presque aussi content que son protégé.

Mais ce ne fut rien encore auprès de la soirée. La deuxième des mille et une nuits, tout simplement ! la suite du conte.

Dire que le pauvre oncle avait pu saisir du premier coup toute l'aventure, et s'y reconnaître tout de suite, ce serait trop dire; vouloir expliquer

son premier sentiment au milieu de tout cela,
ce serait trop demander. Il fut très bouleversé,
le pauvre homme, et il lui fallut un peu de temps
pour reprendre ses esprits. Il les reprit assez vite
cependant pour s'apercevoir que Mme Bounat était
encore plus bouleversée que lui, ce qui le remit
un peu d'aplomb.

Il l'avait alors rassurée et encouragée, il avait
embrassé Lucette, et peu à peu sans se connaître,
sans que rien encore fût décidé, on s'était senti
tout de même en famille.

Le soir on y était tout à fait, y compris Claude
Girard.

Sans doute l'oncle Bounat n'était pas un oncle
d'Amérique, il n'avait pas des millions à offrir
à sa nièce ; c'est même tout juste s'il faisait ses
affaires. Si ému qu'il pût être de la triste situation de sa belle-sœur et de sa nièce, il ne fit pas
de grandes phrases, étant peu parleur, et ne
leur promit pas monts et merveilles. Cependant
M. Adonis pouvait le classer dans la catégorie des
braves gens. Ce qu'il offrit, il l'offrit de bon cœur,
et c'était plus encore que Mme Bounat n'aurait osé
rêver.

Il était veuf et sans enfants.

« Si vous ne voyez rien de mieux à faire, dit-il,
restez avec moi. Vous avez l'habitude des comptes.
C'est ma belle-mère qui tient la caisse ici, et qui
surveille le linge et le service des chambres ; mais
elle vieillit, elle a une mauvaise santé, et m'a déjà

parlé de se retirer ; elle sera enchantée de l'occasion. Voulez-vous la remplacer ? Je ne puis vous
donner de gros appointements, mais nous nous
arrangerons ; cela me fera plaisir d'avoir la petite
chez moi. Qu'en dites-vous ? »

Il en fut tant dit et redit que cela durait encore à
onze heures du soir. L'oncle Bounat, quoique aussi
enchanté que les autres, mit enfin Claude Girard
à la porte, en lui faisant amicalement observer
qu'après de telles émotions, tout le monde avait
besoin de repos.

Le repos ! Pour Mme Bounat, c'est une connaissance à refaire. Elle le retrouve cette nuit-là pour
la première fois depuis qu'elle a dû abandonner
sa librairie. Elle ne dort guère cependant, mais
que c'est doux de sentir son enfant à l'abri du
besoin, de trouver un asile, de reprendre pied
enfin après tant d'efforts !

Et, dans son action de grâces, le premier nom
qui vient à ses lèvres, c'est celui du pauvre petit
baladin, de ce cœur dévoué et reconnaissant, de
cet ancien protégé devenu son protecteur. Pauvre
petit ! Quoi qu'il en dise, c'est elle l'obligée maintenant ; elle ne pourra jamais s'acquitter envers
lui comme elle le voudrait ; aussi est-ce aux mains
de Dieu qu'elle remet ce soir le soin de sa dette.

XIII

LIBRAIRIE GIRARD-BOUNAT

L'enseigne s'est augmentée d'un nom et la famille
d'un membre.

Le magasin est superbe, les peintures fraîches,
le vernis brillant, les vitrines pleines d'élégants
objets de papeterie, de bibelots de luxe.

M. Claude Girard, comptable, tient maintenant
ses propres livres et ne confie jamais sa caisse à
Mme Claude Girard, née Lucette Bounat, pour la
raison bien connue que Mme Girard, avec la meilleure volonté du monde, n'a jamais su que lui
embrouiller ses comptes.

Le fameux fauteuil de velours qui figurait dans
le décor, jadis, au temps où la réalité d'aujourd'hui
n'était qu'un beau rêve, le fameux fauteuil a trouvé
sa place dans l'arrière-boutique ; mais Mme Bounat
refuse absolument d'y jouer le rôle que le rêve lui

assignait. Elle entend ne pas se reposer encore. Lucette a bien assez à faire au magasin pour que sa mère la décharge des soins du ménage.

Celui qui occupe le fauteuil de velours, son journal en main, s'y reposant sans scrupule et s'y endormant quelquefois, c'est l'oncle Bounat, le seul que l'ancien plan n'avait pas prévu, et qui pourtant a tenu depuis une si grande place dans la réalité.

Depuis qu'il a acheté ce fonds de librairie, M. Claude Girard croit aux rêves, du moins à ceux qu'on fait tout éveillé, et il croit surtout à ses propres prophéties.

N'a-t-il pas toujours, en toute circonstance, à peu d'exceptions près, prévu d'avance et annoncé tout ce qui leur est arrivé ?

N'avait-il pas dit qu'à Paris on était sûr de réussir? Et n'y réussit-on pas toujours, à peu d'exceptions près?

N'avait-il pas dit qu'il serait comptable?

D'ailleurs, la belle affaire ! Était-ce difficile à prévoir ? C'était une vocation ! Il avait la bosse des chiffres, la rage d'apprendre. A Paris il a suivi des cours gratuits, il s'est instruit, il a eu de la conduite. On l'a protégé, on s'est intéressé à lui à cause de cela. Eh bien ! voilà la manière : que ceux qui veulent réussir fassent comme lui.

N'avait-il pas promis à Mᵐᵉ Bounat de devenir un homme d'ordre, un homme rangé et soigneux ? Eh ! du jour où il a possédé un lit, une chaise et du linge, son ménage a été tenu comme par une femme, et il n'a jamais rien perdu, à peu d'exceptions près.

A l'arrière-plan, sur un fond aussi nuageux que ceux qu'il charbonnait dans le temps pour Lagadrillère, il avait toujours vu se détacher son enseigne: « Librairie Girard-Bounat. » Eh bien! était-elle assez flambante son enseigne, était-elle assez cossue sa librairie?

Sans doute, à lui tout seul, il n'aurait pu se payer quelque chose d'aussi bien, et l'oncle Bounat avait ici largement aidé la prophétie, mais la prophétie n'en était pas moins réalisée.

L'oncle Bounat aurait pu ne pas trouver un si bon prix de son hôtel, il aurait pu être forcé de le garder longtemps encore, au lieu de prendre sa retraite, et d'avoir quelques fonds à la disposition de l'ami qui allait devenir son neveu.

N'avait-il pas prédit encore qu'on rendrait au centuple à la vieille cousine ce qu'elle avait fait pour ses parentes, dans les mauvais jours?

Cela aussi s'est réalisé; la preuve c'est que, pour commencer, et sans compter tous les autres cadeaux, ils lui ont envoyé une année, pour ses étrennes, une table en acajou, pour remplacer la vieille petite table en bois blanc qu'elle avait donnée au docteur rouge et que, du reste, on avait vendue à bas prix à l'aubergiste du village, le soir du fameux dîner avec Guillet.

Ce brave Guillet! Il y a longtemps que le voyage

lui a été remboursé! Mᵐᵉ Bounat y a tenu absolument, mais elle ne se juge pas pour cela quitte envers lui. On le voit souvent à la librairie; il est fier de « sa victime ». N'est-ce pas lui qui lui a mis le pied à l'étrier? Et quand il est venu le féliciter de l'acquisition de son magasin :

« C'est égal, lui a dit tout à coup avec une conviction profonde cette victime reconnaissante, vous avez eu une fameuse idée de me casser la jambe!»

C'est qu'il pense souvent, malgré tout, à l'ancien temps, M. Claude Girard, et quand il en parle, il ne plaisante plus. Il revoit la librairie Bounat, l'ancienne, celle d'où sont partis tous ses rêves, celle où il a connu ses premiers amis, où on lui a appris tant de choses pour essayer de faire de lui un honnête homme; là où lui sont venues ses premières ambitions de bien faire.

Il n'a pas oublié son docteur, et lui a écrit un jour pour lui annoncer qu'il allait se marier et s'établir à Paris; il lui devait bien, dit-il, de l'informer que son ancien client « avait bien tourné, définitivement ». Et le docteur s'en était montré très sincèrement heureux, et avait envoyé à Lucette un joli cadeau de mariage.

Que ne peut-il aussi dire son bonheur à celui qui, plus que tous encore, y a travaillé? A celui qui a reçu ses premières promesses et béni ses premiers efforts?

Comme il serait heureux, son cher protecteur!
Son œuvre est achevée; son protégé est devenu
l'honnête homme qu'il voulait, sa petite cigale
s'est fait une bonne place chez les fourmis.

FIN

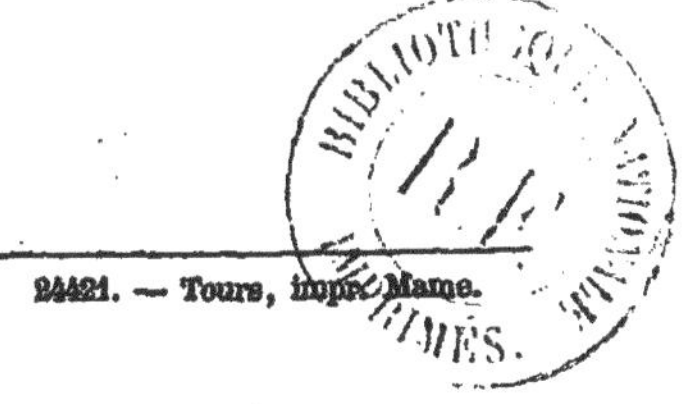

Original en couleur

NF Z 43-120-8